구도 시인 구상 평전

이숭원李崇源

1955년 서울에서 태어나 서울대학교 국어교육과, 대학원 국어국문학과를 졸업하고 문학박사학위를 받았다. 충남대, 한림대, 서울여대 교수를 역임하고 서울여대 명예교수로 있다. 1986년 평론가로 등단하여 김달진문학상, 편운문학상, 김환태 평론문학상, 유심작품상 등을 받았다. 저서로『서정시의 힘과 아름다움』『정지용 시의 심층적 탐구』『초록의 시학을 위하여』『폐허 속의 축복』『감성의 파문』『백석 시의 심층적 탐구』『세속의 성전』『백석을 만나다』『영랑을 만나다』『시 속으로』『미당과의 만남』『한국 현대시 연구의 맥락』『김종삼의 시를 찾아서』『시간의 속살』『목월과의 만남』『몰입의 잔상』등이 있다.

구도 시인 구상 평전

2019년 9월 16일 초판 1쇄
2020년 1월 16일 초판 2쇄

지은이	이숭원
펴낸이	박현동
펴낸곳	성 베네딕도회 왜관수도원 분도출판사
찍은곳	분도인쇄소

등록	1962년 5월 7일 라15호
주소	04606 서울 중구 장충단로 188 분도빌딩 102호(분도출판사 편집부)
	39889 경북 칠곡군 왜관읍 관문로 61(분도인쇄소)
전화	02-2266-3605(분도출판사) · 054-970-2400(분도인쇄소)
팩스	02-2271-3605(분도출판사) · 054-971-0179(분도인쇄소)
홈페이지	www.bundobook.co.kr

ⓒ 이숭원 2019

ISBN 978-89-419-1915-5 03810

구도 시인

구상 평전

이숭원

분도출판사

첫 시집 『구상』(1951).
제목 글씨는 공초 오상순이 썼다.

구상이 헌사를 바친 형 구대준 신부

"북한의 공산당들이
2년 전에 납치하여다가
이제는 그만 순교하였을
나의 오직 하나인 형
대준 신부의 이름으로
이 시집을 올리나이다."

이효상의 시집 『바다』 출간 기념회에서(1951). 전쟁 중에 구상은 『승리일보』 주간과 육군 종군작가단 부단장으로 활동하며 문인들과 교류했다. 첫 줄 왼쪽부터 시인 김동사와 구상, 화가 서동진, 시인 이효상과 오상순과 조지훈

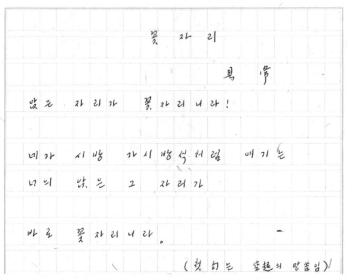

「꽃자리」 육필 원고. 구상은 공초 오상순에 대한 존경을 담아 그가 즐겨 쓰던 말을 빌려 짧은 시를 썼다.

『초토의 시』(1956). 표지 그림은 화가 이중섭의 작품이다.

이탈리아 시에나대학교에서 출간된
영역본『초토의 시』(2002)

이중섭이 왜관 구상의 집에 머무르며 그린 「구상네 가족」(1956)

일본 동경에서 열린 국제 펜클럽 대회에서(1957).
왼쪽부터 구상, 가와바타 야스나리, 한 사람 건너 시인 설창수, 소설가 전영택.
이때 구상은 전년 병사한 이중섭의 유골을 부인 야마모토 마사코에게 전했다.

『구상문학선』(1975). 표지 그림은 화가 이중섭의 작품이다.

여의도 자택 서재에서 집필 중인 시인 구상(1970년대 중반)

1970년 봄부터 1973년 여름까지 구상은 하와이대학교에 초청되어 한국문학을 강의하고
한국어 교재를 편찬했다.

『구상 시 전집』 출간 기념회에서(1986)

서울 정도定都 600주년을 기념하며 세워진 구상 시비
詩碑 제막식에서(1994). 왼쪽부터 삼중 스님, 구상, 유
달영 박사, 김수환 추기경

2002년 경상북도 칠곡 왜관에 건립된 구상문학관 전경

여의도 독립 서재 관수재에서(1990년대 후반)

차례

일러두기

이 책에 수록된 구상의 작품은 원문을 있는 그대로 싣되, 현행 한글 맞춤법에 따라 드물게 고쳤습니다.

1

구상 시인과의 인연

구상 시인의 삶과 문학의 자취를 찾아가기 전에 선생과의 인연에 대해 먼저 이야기하겠다. 그것은 내가 이 글의 집필을 맡게 된 내력과 과정을 해명하는 일이기도 하다. 모든 일이 인연의 작용이므로 내가 이 글을 쓰게 된 데에도 어떤 원인과 관계가 작용했을 것이다. 선생이 자주 쓰던 어법을 빌리자면 우리가 감지하지 못하는 어떤 숙연宿緣에 의해 이 일이 이루어진 것이다.

1980년대 후반 내가 충남대학교에 재직할 때 한국정신문화연구원(현 한국학중앙연구원)에서『한국민족문화백과사전』편찬 사업의 일환으로 한국 현대 시집 관련 항목을 기술하는 일을 내게 맡겼다. 그때 나는 30대 초반의 나이로 평론가로 갓 등단하여 문단에 이름이 거의 알려지지 않았었다. 내게 배정된 시집을 도서관에서 일일이 찾을 수 없었기 때문에 궁여지책으로 시인들에게 편지로 사정을 알리고 시집을 보내 달라는 요청을 했다. 일면부지一面不知의 서생이 시집을 보내 달라는 요청을 하는데 선뜻 응할 사람이 몇이나 되겠는가? 그래도 대학교수가 사전 편찬을 한다고 하니 대략 절반 정도의 시인들이 응답을 했다.

그런데 구상 시인의 반응은 다른 시인들과 아주 달랐다. 그는 해당 단행본 시집은 물론이요 그때 막 출간된 당신의 시 전집과 이운룡 교수의 연구 저서까지 우편으로 보내 주었다. 문단 실정에 어두운 나는 구상 시인이 내가 굉장한 작업을 하는 것으로 오해하고 이렇게 많은 자료를 보내 주었다고 생각했다. 그러나 시간이 흘러 구상 시인을 제대로 알게 되면서 그때의 내 생각이 완전히 오판이었음을 깨달았다. 선생은 작은 일에도 언제나 최선을 다하고 상대가 누구이든 그가 원하는 것을 정성껏 도와주는 분이라는 것을 여러 가지 자료를 통해 이해하게 되었다. 지방의 한 젊은 교수가 도움을 요청하자 당신이 할 수 있는 한 최선을 다해 도와주신 것이다.

1990년 이후 서울에 올라와 부모님을 모시며 지낼 때 시조 시인으로 활동한 가친(월하 이태극)의 행사에서 선생을 뵙게 되었다. 시집과 관련된 것은 오래전의 일이기 때문에 말씀드리지 않았고, 그냥 아들이라고 인사만 올렸다. 아버지의 뒤를 이어 문학을 한다는 점을 의미 있게 받아들이시는 것 같았다. 시조로 늦게 등단한 아버지는 1913년생이고 선생은 1919년생인데, 나이 차는 있지만 두 분은 친밀하게 지냈다. 구상 선생은 70년대 이후 시조에도 관심을 보여서 아버지가 간행한 『시조문학』이 계간으로 재출범한 1974년 가을호부터 편집위원으로 참여했다. 아버지가 당뇨와 백내장으로 어려움을 겪을 때는 백내장 수술을 먼저 한 구상 선생이 동병상련의 심정으로 병원을 소개해 주기도 했다. 시조 관련 행사에 아버지가 기념사나 축사를 부탁드리면 선생은 정복과 다름없는 특유의 두루마기를 입고 지팡이를 짚고 오셨는데 한 번도 늦는 일이 없었고 약속을 어기는 일도 물론 없었다. 말씀하실 때마다 선생의 단골 어구인 "등가량等價量의 진실"이란 말이 어김없이 등장했다.

　노환을 앓던 가친이 2003년 4월 24일 별세했다. 장례를 치르는 빈소로 상주를 찾는다는 전화가 와서 받아 보니 구상 선생이었다. 내가 외아들인 것을 알고 선생은 상주를 찾은 것이다. 선생께서 숨이 가쁜 음성에 비통한 어조로 말씀하셨다. "월하 선생께는 내가 꼭 문상을 가야 하는데 몸을 움직일 수가 없어요. 상주님, 어쩔 수가 없으니 내 사정을 이해해 주세요. 민망하고 송구합니다." 기회 있을 때마다 인사를 드렸기 때문에 선생은 내가 아들뻘의 어린 상주라는 것을 알고 있었을 텐데 지극히 겸양한 어법으로 당신의 어쩔 수 없는 정황을 알리는 것이었다. 나는 선생의 숨 가쁜 음색에서 그야말로 "등가량의 진실"을 발견할 수 있었다. 전화기에 머리를 조아리며 모든 것을 다 이해한다고 말씀드리는 수밖에 없었다. 일 년 넘게 병석에 있던 구상 선생은 그 이듬해 5월 11일 세상을 떠났다.

나는 시간의 흐름 속에서 선생이 단골 어구로 내세웠던 "등가량의 진실"이란 말의 의미를 여러 번 생각했다. 선생 특유의 흰 수염과 잿빛 두루마기, 그리고 진지한 표정은 그 자체로 개성적 의미를 드러내지만, 그 형식의 내부에 그것을 지탱할 만한 등가량의 진실이 담겨 있었다고 나는 생각한다. 그렇지 않았다면 그렇게 곡진하고 간절한 문상의 음성이 나올 수 없었을 것이다.

그 후 교단에서 그의 시를 강의할 때마다 학생들에게 장례 때의 그 이야기를 했다. 세상살이의 경험이 부족해서인지 내 언변이 부족해서인지 젊은 학생들은 전후의 맥락을 제대로 파악하지 못하는 것 같다. 그래도 나는 전화기 너머 들리던 선생의 음색과 어조를 흉내 내며 정성을 다해 이야기한다. 세상의 모든 일에 정성을 다해 임했던 그분의 간곡한 마음을 알아야 「초토의 시」 연작도 이해하고 「밭 일기」 연작도 이해한다고 믿기 때문이다.

2007년 중학교 국어 교과서를 편찬할 때의 이야기다. 2학년 교과서에 즐거운 느낌을 담은 봄 소재의 시가 들어가야 하는 자리가 있었다. 봄과 관련된 여러 시를 추천받았는데 그중 구상의 「봄맞이 춤」이 있었다. 다음과 같은 작품이다.

옛 등걸 매화가
흰 고깔을 쓰고
학춤을 추고 있다.

밋밋한 소나무도
양팔에 푸른 파라솔을 들고
왈츠를 춘다.

수양버들 가지는 자진가락
앙상한 아카시아도
빈 어깨를 절쑥대고
대숲은 팔굽과 다리를 서로 스치며

스텝을 밟는다.

길 언저리 소복한 양지마다
잡초 어린것들도 벌써 나와
하늘거리고

땅 밑 창구멍으로 내다만 보던
씨랑 뿌리랑 벌레랑 개구리도
봄의 단장을 하느라고
무대 뒤 분장실 같다.

바람 속의 봄도
이제는 맨살로 살랑댄다.

「봄맞이 춤」 전문

나는 이 작품의 내용이 쉽고 발상이 재미있어 중학교 학생에
게 맞는 작품이라고 생각해서 대상작으로 추천했다. 집필자들
의 논의에 부쳤는데 결과는 부결이었다. 쉽고 재미있으나 중
학교 학생들이 이해하기 어려운 시어가 있다는 것이다. '학춤',
'자진가락', '스텝을 밟다' 등의 개념이 중학생들에게 어렵고

시어의 구성도 예스럽다는 것이다. 모르는 것을 알게 하는 것이 학습인데 모르는 단어를 배워서 시를 익히는 것이 왜 문제가 되느냐고 반론을 폈지만 젊은 국어 교사들이 받아들이지 않았다. 이 작품은 『구상문학선』(1975)에 「영춘무迎春舞」라는 제목으로 수록되었고 『구상 시 전집』(1986)에 「봄맞이 춤」으로 제목이 바뀌어 수록되었으니 구식의 작품이기는 하다. 오래전의 작품이기는 하지만 봄의 흥겨운 정경을 사람의 춤과 어린 아이의 재롱으로 표현한 천진한 상상이 중학생 수준에 맞는다고 생각해서 추천한 것인데 뜻을 이루지 못했다.

다시 시간이 흘러 2017년 고등학교 『문학』 교과서를 편찬할 때 장애인 소재의 작품이 필요한 자리가 있어서 구상의 시 「어느 친구」를 또 추천했다. 다음과 같은 작품이다.

주일(일요일)마다 명동성당엘 가면
초입 언덕에 구걸상자를 앞에 놓고
뇌성마비로 전신이 비틀린
그 친구가 앉아 있다.

그가 거기 모습을 보이기 시작한 지는
한 5년 되었을까?

나하고는 그 언제부터인지
아주 낯익고 친숙해져서
내가 언덕을 오를 양이면
멀리서부터 혀 꼬부라진 소리를
지르곤 한다.

그런데 그 친구 이즈막에 와서는
더욱더 우리 우정에 적극성을 띠어
지난주에는 주스 한 병을 건네주더니
오늘은 장미꽃 한 송이를 들고 있다가
그 비틀어진 팔과 꼬인 손으로 내주었다.

그 극진한 우정에 화답할 바를 몰라
나는 마치 무안이나 당한 사람처럼
휑하니 성당엘 들어와 앉는다.

이윽고 나는 장궤틀에 무릎을 꿇고
두 손에 장미를 받들고 기도한다.

하느님! 당신의 영원한 동산에서는

저와 내가 허물을 벗은 털벌레처럼

나비가 되어 함께 날게 하소서!

「어느 친구」 전문

이 시는 구상의 마지막 시집 『인류의 맹점에서』(1998)에 수록된 작품으로, 마지막 연의 "나비가 되어 함께 날게 하소서!"라는 시인의 소망이 감동적이어서 적극 추천했다. 그러나 논의 결과는 또 부적격이었다. 장애인에 대한 따뜻한 시선과 동반자적 사랑이 담긴 것은 충분히 이해하겠으나 장애인의 몸과 말투에 대한 구체적인 묘사가 자칫 비하적인 의미로 오인될 수 있어서 채택하기 어렵다는 것이다. 나는 그러한 사실적인 표현이 오히려 마지막 부분에 나오는 동지적 우정으로의 전환을 강조하는 기능을 하지 않느냐고 의견을 냈으나 장애인 정서를 자극한다는 점 때문에 내 제안은 수용되지 않았다.

그런 과정을 통해서 세상사의 맥락에서는 작품에 담긴 진실보다 표현의 세부가 더 크게 작용한다는 사실을 새롭게 깨달았다. 구상 시인은 화려하거나 세련된 표현과는 처음부터 거리를 두었고 말년으로 갈수록 형식보다는 그 안에 어떤 진실을 담을까에 고심한 자취가 뚜렷하다. 그러한 그의 문학적 지향이 문학인으로서 어떤 소외감이나 박탈감을 느끼게 하지 않았을까 하는 생각을 한다. 그의 말년의 작품은 표현의 화려함을 의도적으로 거부하고 진실의 전달에 주력하는 태도를 취했기 때문이다. 윤리적 지향을 앞세웠기 때문에 언어적 형상화에 대한 관심이 낮아지고 관념의 진술에 기울었다는 젊은 연구자들의 비판이 나오기도 했다. 그러나 창작의 주안점을 어디에 두느냐에 따라 비평의 시각이 달라질 필요가 있다. 구상 문학에 대한 평가는 그가 평생 지속한 문학 정신의 기반 위에서 전개되어야 옳을 것이다.

선생에 대한 고마움이 마음의 부채로 남아 있는 상황에서 2008년 구상선생기념사업회의 의뢰를 받아 새로운 장정으로 재출간된 연작 시집 『그리스도 폴의 강』의 해설을 썼고 그것이 인연이 되어 구상문학상 운영위원도 잠시 맡았다. 선생의 제자들과 만나 생전의 일화를 접하며 미처 알지 못했던 그분의 고결한 인품과 덕성을 알게 되면서 선생은 더욱 친근한 대상으로 다가왔다. 그러나 한편으로는 마음의 빚이 더 확대되었다. 그러던 차에 평전 집필 의뢰를 받게 되어, 마음의 빚을 갚는 기회라 생각하고 기탄없이 수락했다. 사실은 내가 먼저 구상 선생에 대한 글을 무언가 써야 한다고 마음먹고 있었기 때문에 작업을 시작하는 것은 어렵지 않았다. 모든 것이 인연의 작용이라 생각하고 기쁜 마음으로 작업을 시작한다. 그러

면서도 가능한 한 선입견을 배제하고 구체적인 자료에 입각
해서 술이부작述而不作의 심정으로 객관적인 서술을 하려고 노
력할 것이다.

2

시인의 출생과 덕원 이주

구상의 본명은 구상준具常浚으로 1919년 음력 8월 18일에 태어났다. 1919년 음력 8월 18일은 양력으로 10월 11일이다. 그해 음력 7월에 윤달이 끼어서 양력과 사이가 벌어졌다. 1955년 왜관에 호적을 새로 등록하면서 이름을 구상具常으로 하고 생일은 양력 9월 16일로 올렸다. 음력 8월 18일이 양력으로 9월 16일인 해는 1924년이다. 이때는 덕원으로 가족이 이주하던 시기다. 덕원으로 이주하면서 1924년도 생일에 해당하는 양력 날짜를 당시 호적에 기재했을 가능성이 높다. 6·25 이후 구상이 쓴 산문에 생일이 8월 18일이라는 말이 여러 차례 나오는데, 이것은 음력 생일을 말한 것이다.

구상준은 서울 이화동에서 아버지 구종진具鍾震과 어머니

이정자李貞子 사이에서 막내아들로 태어났다. 부친의 첫 부인은 맏아들 구원준具元浚을 낳고 사망했고 후실 부인 이정자는 6남매를 낳았는데 네 명은 유아기에 사망하여 형 구대준具大浚과 구상준이 성장했다. 구상을 낳았을 때 부친의 나이가 오십이고 모친은 마흔넷이었다. 손이 귀한 집안에 만득의 아들로 태어났으니 집안의 귀여움을 독차지했을 것이다. "이 막내둥이의 출현은 노부모들의 사랑을 쏟을 대로 부어 쏟을 대상일 수밖에 없었다."[1]라고 구상은 회고했다. 부친이 사냥을 즐겨 노루 피를 많이 드셨다는데 모친의 태몽에 사슴이 당신의 허벅다리를 꼭 무는 꿈을 꾸어 액땜이 되어, 다행히 네가 멀쩡하게 태어났지만 대신 애를 많이 태운다고 모친께서 말씀하셨다고 한다.

조부는 능성綾城 구씨 양반 가문의 자손으로 울산 부사를 지냈고, 큰아버지들도 창녕 현감, 첨지중추부사, 경부警部 총순, 현풍 현감 등의 관직에 있었고, 그의 부친은 여섯째 아들로 대한제국 궁내부에 근무했고 한일강제병합 이후에는 순사교습소의 한문 교관으로 있다가 연금을 받고 은퇴했다. 이렇듯 그의 집안은 관직을 지낸 반가班家였으나 젊은 시절 새로운 개화

---

1 구상, 『모과 옹두리에도 사연이』, 구상문학총서 제1권, 홍성사, 2002, 146쪽. 이후 같은 총서의 서지는 간략히 기술함.

사상을 흡수하여 반상 관념을 떨쳐 버렸기 때문에 이런 사실을 드러내지 않았다. 그의 부친도 처가의 감화로 가톨릭에 입교하여 독일에서 진출한 베네딕도(분도) 수도회에서 관장하던 백동(현 혜화동)성당에 나감으로써 반상 개념에서 멀어지게 되었다.

베네딕도 수도회에서 함경남도 원산교구를 맡아 선교를 하게 되면서 부친이 원산 근처의 덕원으로 이주하여 학교를 세우고 교육 사업을 하게 되었다. 구상이 네 살 때의 일이라고 했으니 1923년경이다. 그의 맏형 원준은 일본 유학 중이던 1923년 9월 관동대지진 때 행방불명되었다. 둘째 형 대준은 어의동보통학교(현 효제초등학교) 학생이었고 이 학교를 졸업하고 신부가 되기를 자원하여 혜화동의 백동신학교에 입학한 것이 1926년이다. 이듬해 백동신학교가 덕원으로 이사하여 덕원신학교가 되자 구대준도 그곳으로 이주하여 학교를 다니게 되었다. 덕원수도원 건립은 1922년에 시작되어 1927년에 완성되었고 덕원신학교도 그때 새롭게 시작되었다. 덕원수도원은 그 시대에 동북아시아에서 가장 큰 규모의 베네딕도회 수도원이었다. 성 베네딕도회 왜관수도원 연혁에는 그 과정을 다음과 같이 기록해 놓았다.

1930년대 덕원수도원 전경. 앞에는 신학교 뒤에는 수도원

　(교황청은) 1920년 8월 5일 함경남북도를 원산대목구로 설정해 베네딕도회에 위임했다. [……] 베네딕도회는 이에 수도원을 원산 시내에서 4*km* 떨어진 덕원(함남 덕원군 부내면 어운리)으로 옮긴다. 그 기간이 7년이나 걸렸다. 덕원수도원 건립은 1922년 에카르트 신부에 의해 시작돼 1924년 원산본당에 부임한 슈미트 신부가 책임을 맡아 수행했다. 건축기사인 피어하우스 신부가 로마네스크 양식으로 중세 독일 수도원을 본떠 설계했다. 1926년 7월 착공, 게르네스트 신부가 공사총감독을 맡아 신축했으며, 이듬해 11월 16일 성 제르투르드 축일에 수도원을 봉

헌함으로써 '덕원 성 베네딕도 수도원 시대'를 연다.[2]

이러한 전후 사정으로 볼 때 구상이 네 살 때 덕원으로 이주했다고 하는 것은 덕원수도원 건립이 시작되어 여러 가지 준비 사업을 하던 시기인 것으로 짐작된다. 이때 부모님이 서둘러 덕원으로 이사한 데에는 일본 유학생이었던 맏아들 원준이 일본에서 행방불명된 비통한 사건이 계기가 되었을지 모른다. 맏아들을 불행하게 잃은 가족은 가톨릭 신앙을 더욱 굳건히 하고 봉사와 헌신에 매진하기 위해 덕원으로 이주하여 가톨릭 신앙과 관련된 육영사업을 펼쳤을 것으로 짐작된다. 둘째 아들 대준이 신학교에 입학하여 덕원으로 옮겨 오자 가족들은 덕원을 제2의 고향으로 알고 생활 영역을 확장하면서 덕원을 기반으로 한 교육 사업에 더 힘을 쏟았을 것이다. 그러한 사정을 구상은 다음과 같이 기록했다.

(구대준은) 1926년 소속 본당이기도 한 백동(栢洞, 지금의 혜화동) 성 베네딕도 수도원 부설 신학교에 입학하였다. 그리고 그 이듬해인 27년에는 수도원이 원산교구를 담당하고 덕원으로

2 「서울 수도원 이전 및 원산대목구 분리 설정」, 성 베네딕도회 왜관수도원 누리집 왜관수도원 안내 목록.

이동함에 따라 함께 그리로 갔다.

그때 서울 사람의 인식으로 그의 이런 거취는 현재 오대산 꼭대기 암자에 소년이 출가 입산하는 것보다 더 아득하고 불안스러운 일이었다. 그래서 마침 이때 연금을 받게 된 그의 부친은 관직에서 물러나 있었는데 마침 수도원에서 교육 사업을 도와달라는 청도 있고 저러한 그의 뒷바라지를 위하여 수도원 아랫마을에다 가산을 정리해 놓고 온 가족과 더불어 낙향을 하였다. 그리고 그의 부친은 인근 지방인 문평, 옥평 등지에 해성학원을 설립하고 그 원장이 되어 육영사업에 힘썼다.[3]

구상은 여러 지면에서 본인이 네 살 때 이주했다고 기술했는데 위의 기록은 조금 다르다. 이 기록을 보면 구대준이 덕원신학교로 이동했기 때문에 부친도 수도원의 교육 사업을 도와달라는 부탁을 받고 이주한 것처럼 기술되어 있다. 구상이 다른 글에 기록한 내용과 전후의 사정을 고려하면, 네 살 무렵에 이주는 했으나 가산을 정리하고 학원을 설립하기까지는 시간이 걸리는 일이라 몇 년에 걸쳐 사업이 진행되었고, 둘째 형 대준이 덕원신학교로 옮겨 오는 1927년경에 정착 사업이 완

---

3 구상, 「구대준(가브리엘) 신부 약전」, 『성 가브리엘 대준 신부』, 1984, 16쪽.

성되었다고 보는 것이 옳을 것이다. 구상이 보통학교(초등학교)에 입학한 것도 1927년 4월인데 이때 우리 나이로 9살이므로 늦은 입학이다. 만득의 자제인 데다 다섯 살 무렵 천자문을 떼는 총기를 지니고 있어서 학교에 일찍 보낼 만한데 입학이 늦은 것은 정착 사업이 어느 정도 완료되었을 때 보통학교에 입학시켰기 때문으로 짐작된다.

이상의 사실을 다시 정리하면 이렇다. 1923년 9월 맏아들 구원준이 행방불명되고 백동수도원도 덕원으로 옮겨 가자 부친이 서울 생활을 정리하고 덕원으로 이주를 시작하여 1927년경에 정착이 완료되었다. 그러는 사이에 구상의 양력 생일은 1924년을 기준으로 9월 16일로 정해지고 백동신학교에 입학한 둘째 아들 구대준도 1927년부터 덕원신학교를 다니게 된 것이다. 구상도 1927년 4월에 보통학교에 입학했다. 이렇게 보면 구상의 부친 구종진의 덕원 이주는 1923년 후반부터 1927년 초까지 전개되었다고 추정할 수 있다.

3

성장기의 진통과 일본 유학

구상의 부친은 해성학원 산하에 학교를 셋이나 세워 육영사
업을 하면서 마을 초입에 "예순여섯 마지기 논을 장만하여"[4]
관리했다고 한다. 예순여섯 마지기는 겸양으로 낮추어 말한
것으로 백 마지기 정도 되었을 것이다. 한 마지기가 대체로 논
200평에 해당하고 쌀 네 가마 정도를 수확할 수 있는 면적을
말하니까 부농富農에 속했다. 서울서 온 부잣집 도련님으로 성
장했기 때문에 시골 아이들의 놀림감이 되기도 했다.

  아이들은 집에서 입는 옷을 그대로 입고 보자기로 책을 싸
가지고 다녔는데, 구상은 일본에 유학하는 형(구원준)이 입학

---

4 구상,『모과 옹두리에도 사연이』, 홍성사, 2002, 142쪽.

선물로 보내 준 란도셀[5]을 메고 어린이용 양복을 입고 학교에 갔다. 아이들은 구상을 배달부 같다고 놀렸다. 양복 입고 가방을 멘 모습이 우편배달부를 연상시켰기 때문이다. 다음 날에는 양복 대신 한복 바지저고리를 입었더니 어머니가 두루마기를 입혀 아이들에게 '어린 서방'이라고 놀림을 받았다. 아이들의 질시와 놀림을 받았지만 어른들에게는 학원 원장님 자제라는 대우를 받았다. 그래도 어릴 때 접한 농촌의 생활환경은 그에게 희비와 애환의 애틋한 추억으로 남았다. 그는 자전적 연작시 「모과 옹두리에도 사연이」에서 그가 성장한 농촌마을의 풍경을 직접 눈앞에 보듯 다음과 같이 아름답게 묘사했다.

논밭 속에 둑을 지어 자갈을 깐
플랫폼을 내려서
양 옆구리에 채마밭을 낀
역 앞길을 나서면
국도가 가로지르고
과수원과 묘포를 끼고 가면

---

5 어린 학생들이 등에 메는 사각형 가방.

읍내 향교가 보이고

저 멀리 마식령馬息嶺 골짝

절이 보이고

철도 건널목을 넘으면

조, 수수밭이 널려 있고

밭 속의 산을 뚫은

신작로가 베폭처럼 깔려 있고

콩밭 옆 용소龍沼를 지나서

적전강赤田江 다리 위에 서면

사방, 들판이 한눈에 들어오는데

북으로는 우거진 수풀 속에

가톨릭 수도원 종탑,

발치로는 찰싹이는 동해,

서쪽으론 성황당 고개가 보이는

어귀 돌아서 뒷산 시제時祭터 아래

상여도가喪輿都家가 있는 마을

이태백의 달 속 초가삼간에

신선이 다 된 노부부가

아들 하나를

심산深山에 동삼童參같이 기르고 있었다.

「모과 옹두리에도 사연이 2」 전문

논밭 사이에 기차역이 있고 자갈을 깐 플랫폼을 내려서면 양옆으로 채소밭이 펼쳐진다. 국도를 가로질러 과수원과 묘포를 끼고 돌면 읍내 향교가 있고 원산과 덕원을 북서쪽으로 가로막은 마식령 골짜기에 절이 보인다. 원산으로 향한 철도 건널목 뒤로는 조밭과 수수밭이 널려 있고, 콩밭 옆 용소를 지나면 원산 송도원으로 흘러가는 적전강이 펼쳐져 있다. 사방 터진 들판 북쪽 기슭에 가톨릭 수도원 종탑이 보인다. 동쪽으로 고개를 넘으면 동해가 출렁일 것이다. 그 안쪽에 90호 남짓 되는 마을이 있고 농사를 짓는 어진 사람들이 모여 살았다.

여기서 자신의 부모를 신선 같다고 비유한 것은 부모님을 미화하거나 신비화한 것이 아니라 부모님이 나이가 많음을 나타낸 것이다. 태어났을 때 부친이 50세, 모친이 44세였으니 철이 들어 사물을 분별하는 여섯 살 무렵에 부친은 56세, 모친은 50세로 당시로서는 노년에 속하는 나이다.

노인자제의 막내였으니 부모님의 사랑과 보살핌이 극진했다. 속옷을 갈아입힐 때 어머니는 속옷을 미리 아랫목 보료 밑에 넣어 온기가 퍼진 다음에 입혔으며 한여름에도 음식물을 팔팔 끓여 식힌 다음에 먹었다. 신학교에 다니는 형이 금강산에 자전거 여행을 갔다 오다가 동네 어귀에서 임산부를 치어 소동이 일어난 적이 있었다. 부친은 자전거를 없앴을 뿐만 아니라 아들 둘에게 평생 자전거에 손도 대지 못하도록 엄명을 내렸다. 이것은 형의 사고를 핑계로 삼아 막내아들이 위험한 일에 손을 대지 못하도록 사전에 예방 조치를 내린 것이다. 보통학교 5학년 운동회 때 1천 미터 경주에 참가하여 마지막 코스를 돌고 있는데 어머니가 앞을 가로막아 1등을 놓쳤다. 어머니가 관중석에서 보니 아들이 몇 바퀴를 돌더니 얼굴이 창백해지는 것이 위태로워 보여 자신도 모르게 뛰쳐나갔다는 것이다. 마흔넷에 얻은 막내아들에 대한 정성이 지극했음을 알려 주는 사례들이다.

보통학교는 원산시에 있었기 때문에 구상은 덕원에서 원산까지 기차로 통학했다. 함경선은 당시 편제로 함경남도 원산에서 함경북도 회령에 이르는 철도 노선인데 원산 다음 역이 덕원이다. 덕원에서 원산까지 한 정거를 철도로 통학한 것이다. 구상은 함경선의 첫 역인 덕원에서 원산까지 통학했다고 했으나[6] 사실은 덕원에서 종착역인 원산까지 통학한 것이

6   구상, 『침언부어(沈言浮語)』, 홍성사, 2010, 111쪽.

보통학교 시절 구상과 어머니, 외사촌 큰누나, 조카와 외숙모, 작은누나

다. 그는 이 열차에서 북쪽으로 이주하는 사람들의 빈궁한 행렬을 보았고 2등차 객석의 일본인들이 3등차 안의 조선인들을 멸시하는 눈초리로 보는 장면에서 망국의 설움을 느꼈다고 회고했다.

최도식의 글에 의하면 구상이 보통학교 6학년 때 북간도 용정의 연길교구에서 나오는 『가톨릭소년』에 동시 「아침」을 투고해서 맨 앞에 실렸다고 하고[7] 작품 연보에도 넣었는데, 이것

7 최도식, 「현실과 이상의 융합과 구도의 시학」, 『한국 전후 문제시인 연구 5』, 예림기획, 2005, 187쪽.

은 정확하지 않은 기술이다. 『가톨릭소년』은 만주 연길교구 용정본당에서 발행한 잡지인데 1936년 3월에 창간되고 1938년 8월에 종간되었다.[8] 이 잡지에 윤동주가 「병아리」, 「빗자루」, 「오줌싸개 지도」 등을 발표했다. 구상이 보통학교 6학년인 1932년은 잡지가 간행되기 이전이다. 보통학교를 마친 구상은 신학교에 진학해 3년간 다니다가 자퇴하고 1937년경 서울의 동성상업학교를 다니다가 다시 자퇴하고 일본으로 밀항하여 1939년 봄 동경 일본대학 종교과에 입학할 때까지 몇 년간 방황의 시간을 보냈다. 『가톨릭소년』이 간행된 기간은 그가 괴롭게 방황하던 무렵이었다. 이런 시기에 그가 동시를 지어 『가톨릭소년』에 투고했다는 것은 상상하기 어려운 일이다. 『가톨릭소년』의 게재 작품 목록에도 「아침」이란 시는 존재하지 않는다.

구상이 덕원신학교에 입학한 것은 가톨릭 신앙에 젖은 가정의 분위기 때문이었을 것이다. 덕원신학교는 사제를 양성하는 교육기관이었기 때문에 중등과 5년, 고등과 2년의 소신학교 과정을 마치고 철학과 2년, 신학과 4년의 대신학교 과정을 마쳐야 사제 서품을 받을 수 있었다. 사제가 되기 위해서는 13

---

8   박금숙, 「1930년대 『가톨릭 소년』지의 아동문학 양상 연구」, 『한국아동문학연구』 34, 2018. 6, 56쪽.

덕원신학교 중등과 시절

년을 공부해야 했고 학업 관리도 엄격해서 중등과 신입생 중 삼분의 일 정도가 성적 미달로 퇴교를 당했다.[9] 구상의 형 구대준도 1926년에 입학하여 1939년에 졸업하고 1940년 3월 25일에 사제 서품을 받았으니 정확히 13년의 교육과정을 이수한 것이다. 구상이 신학교에 입학한 1933년에 구대준은 고등과 2학년으로 소신학교 과정 졸업을 앞둔 상태였다.

구상은 신학교에 적응하지 못하여 3년을 다니고 자퇴했다. 그 이유에 대해 친구들에게는 아버지가 중풍으로 쓰러져 간호를 해야 한다고 말했다고 한다.[10] 그러나 다른 곳에서는 자신이 문학에 탐닉하여 반항적 성격이 되었고 그 결과 "서울집 아들은 주의자가 되었다."[11]는 소문이 돌았다는 말로 당시의 상황을 암시했다. 이 일을 회상하면서 구상은 "그렇게 말리는

9 배봉한, 「3년간 머물던 수도원을 등졌다」, 『분도』, 2019. 봄호, 8-10쪽 참조.

10 위의 글, 10쪽.

11 구상, 『모과 옹두리에도 사연이』, 148쪽.

데도 불구하고"[12]라는 말로 집안의 반대가 강했음을 암시했다. 13년 동안의 성직자 교육과정을 감당하기에 자유인으로서의 실존적 욕구가 강했던 것이 원인이었을 것이다. 그는 규범적인 성직자 교육에서 벗어나 자유롭고 분방한 문학인의 길을 택한 것이다.

일본대학 시절

　신학교를 나온 구상은 장면張勉이 교장으로 취임한 가톨릭계의 서울 동성상업학교에 편입했으나 얼마 다니지 않고 중퇴했으며 문학을 한답시고 반항적 무리와 어울려 다니다가 불령선인不逞鮮人 혐의까지 받았다. 노동판 인부로도 일하고 관청의 임시 고원도 지내며 생활비와 여비를 벌어 일본으로 밀항했다. 동경에서 일 년 가까이 노동자로 생활하며 학비를 벌어 어떤 선배의 권유로 일본대학 종교과와 명치대학 문예과에 시험을 치렀다. 둘 다 합격했지만 구상은 일본대학 종교과를 택했다. 문학보다 사상적인 면에 더 호기심을 느꼈기 때

12　위의 책, 150쪽.

문이었다. 대학의 종교과에 입학하여 공부한다고 하니 집안에서도 이해를 해서 학비도 송금되었다. 이렇게 대학 시절이 시작되면서 그의 방황은 어느 정도 정리가 되고 표면적으로는 안정권에 들어섰다.

그의 반항적 성격에 대해 구상은 어릴 때 들었던 어른들의 말을 빌려 "악지가 세다."고 표현했다. 악지가 세다는 것은 고집이 세다는 말이다. 아버지는 말년에 중풍으로 4년 동안 누워 계시다가 돌아가셨는데, 와병 중의 어느 날 고집 센 아들에게 이렇게 당부를 하셨다고 한다. "너는 사물에 너무 기승氣勝을 하지 말라! 아무리 의롭고 바른 일이라도 너무 기승하면 위해를 입고 마느니라. 박빙인생薄氷人生인 줄 알고 자신이나 자부를 너무 갖지 말라!"[13] 부친이 세상을 떠난 것이 1940년 여름인데 이 말씀을 하신 것이 대학 1학년 여름방학이라고도 하고 돌아가시기 사흘 전이라고도 회상했으니 아마 여러 차례 비슷한 말씀을 하셨던 것 같다. '기승'이란 "성미가 억척스럽고 굳세어서 좀처럼 남에게 굽히지 않음"을 의미한다. 남에게 굽히지 않고 도전하는 태도를 가지면 결국은 자신이 피해를 입으니 살얼음판을 걷듯 조심스레 세상을 살아가라는 당부다.

---

13 위의 책, 같은 곳.

어머니 역시 "나는 네가 세상에서 잘났다는 소리를 듣느니보다 그저 수굿이 살아 주는 게 소원이다."라고 말씀하셨다니두 분의 생각이 거의 같았다. 신학교를 마치고 사제 서품을 받은 그의 형도 하느님께 받은 은혜를 도둑들에게 나누어 주는것이 진정한 감사라는 성 프란치스코의 말씀을 글로 전하며동생이 개심하기를 권유했다고 한다. 이로 보면 젊은 시절 구상의 저항과 고뇌의 열도가 어떤 정도인지를 짐작할 수 있다.처음에는 이런 조언이 마음에 들어오지 않았지만 세월이 흐르면서 이 유훈을 가슴에 새겨 삶의 길잡이로 삼았다고 회고했다.

구상은 동경 유학 시절을 오뇌와 고독 속에 보냈다고 단언했다. 그의 회고에 의하면 동경행은 향학이 목적이 아니라 현실의 불만 속에 감행된 일종의 도피 행위였다. 부모님의 걱정어린 눈길에서 벗어나 유랑의 자유를 맛보고자 하는 방일의심리도 작용했던 것 같다. 그가 종교과를 택한 것은 가톨릭 신앙 중심의 집안의 종교적 분위기와 본인의 사색적 경향 때문이었는데 정작 입학해 보니 교수들이 대부분 불교계의 승려였고 학생들도 나이 많은 현직 승려나 목사 출신들이었다. 학과의 명칭은 종교과였지만 당시 일본의 문화적 여건 때문에강의는 주로 불교 이론과 종교철학 중심으로 이루어졌다. 태중교인胎中敎人으로 가톨릭 분위기에서 성장한 구상은 초기에 적지 않은 혼란을 느꼈던 것 같다. "이승에서 저승을 사는 듯한 괴이한 느낌"[14]으로 불교학 강의를 들어 젊음의 활기는 아예 맛보지 못했다고 했다.

그러나 한편으로 그것은 그의 정신의 영역을 확장해 준 계기가 되었다. 그가 생애의 중반 이후 불교에 많은 관심과 이해를 보인 것은 젊은 시절에 습득한 불교 강의의 영향일 것이다. 일본의 기성 불교 종단에 대한 비판이나 기독교에 대한 종교 철학적 언급은 가톨릭 정통 신앙의 입장에서 가당치 않은 일이었지만 괴이한 느낌으로 수강한 당시의 수업 내용이 40대 이후 그의 정신세계를 수립하는 데 적지 않은 영향을 주었다고 그는 회고하였다.

---

14 위의 책, 154쪽.

4

귀국 후의 생활과 결혼

1940년 여름에 부친이 작고하고 1941년 12월 일본대학 전문부 3년 과정을 마친 구상은 귀국하여 고향에 정착했다. 이 시기 그의 형 구대준은 사제 서품을 받고 1940년 3월 31일 덕원 수도원 성당에서 첫 미사를 봉헌했다. 덕원신학교 최초의 한국인 사감으로 일하다가 1942년 흥남본당 주임을 맡았다.

구상은 일자리도 찾지 않고 얼마 동안 무위도식의 시간을 보냈다. 그러나 불온한 사상과 반항적 행동 때문에 경찰의 호출이 잦았고 동원과 징집 등의 위험이 커지자 집안에서 알고 지내던 일본인에게 줄을 넣어 친일계 신문인『북선매일신보』의 기자가 되었다. 일제가 인정하는 일자리가 있어야 강제 징용에서 벗어날 수 있었기 때문이다. 1942년 봄의 일이다.

1940년 구대준 가브리엘 신부 첫 미사 기념

    일본인이 경영하는 어용신문사에서 불령선인으로 낙인찍
힌 자신을 채용한 것은 부친이 쌓은 인맥 덕분이었다. 반민족
적인 노선이 맞지 않았지만 구상은 자신에게 맡겨진 일을 충
실히 수행하여 기사를 잘 쓴다는 평을 받았다. 어느 회사의 간
부사원 집에 강도가 들어 살인을 저지르고 도주하다 잡힌 사
건을 맡아 범인을 취재하면서 그 흉악성이 가증스러워 범인

의 인상과 죄과를 신상 털기 하듯이 세밀히 적어 감정을 섞어 기사를 썼더니 사회부장이 원고를 반려하면서 신문기자는 범인이 잡히기 전에는 법의 편이지만 일단 잡히고 난 다음에는 죄인의 편에 서는 것이라고 한 말이 인상적이어서 오랫동안 잊히지 않았다고 했다.

시국 행사 취재를 전담하여 태평양전쟁이 한창이던 때 국민 궐기대회, 간담회, 협의회 등 친일의 테두리에 포함되는 기사를 주로 작성했다. 그는 자전적 연작시에서 "식민지 어용신문의 기자가 되어/용왕 앞의 토끼처럼 쓸개는 떼어놓고/날마다 성전送聖戰頌과 공출供出 독려문을 써댔다."(「모과 옹두리에도 사연이 13」)라고 그때의 일을 자조적으로 표현했다. 알베르 카뮈의 소설 『전락』의 주인공 클라망스를 호명하며 자신의 무책임을 고백했다. 변호사 클라망스는 강으로 떨어져 투신자살한 여인을 외면했다는 죄의식에 시달려 스스로 나락으로 떨어진 생활을 하며 자학의 시간을 보낸다. 구상은 클라망스나 자신이나 비슷한 잘못을 했다고 자인하며 반의적인 어조로 자신의 비겁함을 비판했다.

신문기자로 일하다가 한 여인을 소개받아 약혼을 하게 되는데 이 시기는 1943년으로 추정된다. 그 여인은 구대준 신부가 운영하는 흥남본당 부설 대건의원 의사 서영옥이다. 서영

『북선매일신보』기자 시절

옥은 구상과 동갑으로 일본 동경 여의전을 졸업한 뒤 원산이 거주 지이기 때문에 대건의원에서 일하고 있었다. 서영옥은 대구에서 원산으로 이주한 유복한 집안의 후손으로 여섯 자매의 장녀였다. 서영옥의 부친은 원산 굴지의 주조 업체를 경영했다고 한다.

구상이 약혼을 한 것과 폐결핵 발병을 확인한 것은 거의 같은 시기로 보인다. 구상은 자신의 폐결핵 첫 발병이 스물네 살 때라고도 하고 1944년이라고도 했다. 전후의 맥락으로 보면 만 스물네 살 되는 1943년에 발병하여 1944년 봄에 한약재 몇 제를 싸 들고 마식령 너머 마전리라는 촌락의 가톨릭 수도원 산장으로 들어간 것 같다. 당시는 폐결핵 치료제가 없었기 때문에 결핵 진단은 사망 선고나 다름이 없었다. 대부분 걸리면 죽는 병으로 인식되었다. 구상은 집안의 도움으로 공기가 좋고 타인과 격리된 수도원 산장을 택하여 산장지기 늙은 내외의 시중을 받으며 약 10개월간 요양 생활을 했다.

밤이면 미열이 오르는 폐결핵 특유의 나른한 증상과 암울한 고독 속에서 구상은 불치병을 앓는 폐인의 심정으로 나날을 보냈다. 그때 뜬눈으로 밤을 새우는 공포와 소외의 심정을 표현한 작품이 「소야곡」이다. 이 작품은 첫 시집 『구상』(1951.5.)에 「세레나데」라는 제목으로 수록되었고 『구상문학선』(1975)에 「소야곡」으로 수록되었는데 내용의 변화는 없다.

1악장 백야白夜

묘석인 듯 싸느랗게
질린 종이 위에
이 밤도 달빛을 갈아
나의 비명碑銘을 새기노라.

2악장 빙야氷夜

비너스도 얼어 떠는 밤.
추억의 화로와 마주앉아
숯불모양 스러져 가는
나의 가슴을 부채질하다.

3악장 애야哀夜

보고寶庫의 열두 문을 열어

황국黃菊처럼 시들은 연서戀書를 꺼내 안고

내사 말라가기

병든 학이러라.

4악장 흑야黑夜

묘소에선 망령들이

육괴肉塊를 찾아 지새는 밤

하루살이들이 검은 제의祭衣를 두르고

레퀴엠을 불러 행렬 짓다.

5악장 서야暑夜

살인무의 벽화 아래서

광동狂童 한 녀석

부서진 꿈 조각과 회한만을 지니고

망아지마냥 맴돌아.

「소야곡」 전반부

이 시의 소제목들은 시인이 처한 암울한 정황을 잘 나타내고 있다. 시의 배경은 달빛이 비치는 창백한 밤에서 시작하여 얼음이 얼어붙는 추운 밤, 슬픔이 밀려드는 밤, 암흑의 밤, 더위에 지친 밤, 고통의 밤으로 이어진다. 자신이 시를 쓰는 백지를 "묘석인 듯 싸느랗게 질린 종이"로 표현하고 시를 쓰는 행위를 묘지의 비문을 새기는 것으로 비유하여 자신이 죽음을 앞둔 상황에 있음을 암시했다. 추억에 잠긴 마음은 숯불처럼 스러져 가는 상태다. 자신의 모습을 "황국黃菊처럼 시들은 연서戀書를 꺼내 안고" 말라 가는 병든 학으로 표현했다. "연서를 꺼내 안고"라는 구절에서 사랑하는 사람이 있음을 암시했는데, 이것은 약혼녀 서영옥을 염두에 둔 표현일 것이다. 검은 망령들이 장송곡을 연주하는 상황에서 미친 젊은이가 "부서진 꿈 조각과 회한만을 지니고" 망아지처럼 맴돈다고 했다. 회복의 가능성이 거의 없는 폐결핵 환자가 적막한 수도원에서 기약 없는 세월을 보내던 암울한 심정을 여과 없이 표현한 것이다.

자신의 글에 따로 언급한 적은 없지만 작품의 내용으로 볼 때 첫 시집『구상』에 실린 다음 시도 약혼 이후 폐결핵 발병으로 갈등하던 암담한 시기에 약혼녀 서영옥에 대해 자신이 가졌던 생각을 표현한 작품으로 짐작된다.

내 가슴 무너진 터전에
쥐도 새도 모르게 솟아난 백련 한 송이

사막인 듯 메마른 나의 마음에다
어쩌자고 꽃망울은 맺어 놓고야
이제 더 피울래야 피울 길 없는
백련 한 송이

온밤내 꼬박 새워 지켜도
너를 가리울 담장은 없고
선머슴들이 너를 꺾어 간다손
나는 냉가슴 앓는 벙어리 될 뿐

오가는 길손들이 너를 탐내
송두리째 떠간다 한들
막을래야 막을 길 없는
내 마음에 망울진 백련 한 송이

차라리 솟지나 않았던들

세상없는 꽃에도 무심할 것을

너를 가깝게 멀리 바라볼 때마다

통통 부어오르는 영혼의 눈시울.

「백련白蓮」 전문

이 시는 1949년 10월 『신천지』에 발표되었는데, 발표지의 제목 밑에는 "애련愛戀 제1장"이라는 부제가 붙어 있다. 사랑하고 연모하는 내용의 시라는 뜻이다. 작품이 발표된 시점은 마산 요양원의 생활을 끝낸 후 서울의 『연합신문』 문화부장을 하던 시기이고 가족들도 마산에서 올라와 안정을 이룬 때이다. 이처럼 생활의 안정기에 접어들었을 때 누군가를 연모하는 시를 썼다기보다는 과거에 습작해 두었던 시를 첨삭해서 발표했을 가능성이 크다. 백련은 흰빛으로 드물게 피는 연꽃으로 청초함과 순수함의 상징이다. 백련으로 표상되는 한 여인에 대한 순수한 연정을 표현한 것이다.

도입부에서 사막처럼 메마른 자신의 마음에 어느 날 찾아와 꽃망울을 맺어 놓고 이제 더 피울 길 없는 백련 한 송이를 소개했다. 온밤을 새워 지켜도 너를 가려 줄 담장이 없고 선머슴이 너를 꺾어 가거나 오가는 길손들이 너를 탐내 가져간다 해도 막을 길이 없다는 말은 폐결핵을 앓는 자신의 처지로 인해 자신감을 잃고 방황하는 심정을 나타낸 것으로 보인다. 화자는 냉가슴 앓는 벙어리처럼 혼자 괴로움에 애타는 처지이다. 사랑의 마음이 처음부터 생기지 않았다면 무심히 지냈을 텐데 이제 애모의 연정에 휩싸여 너를 바라볼 때마다 "퉁퉁 부어오르는 영혼의 눈시울"을 갖게 되었다고 고백하고 있다.

이것은 돌 지난 아들을 둔 아버지의 아내 사랑의 표현일 수는 없다. 그렇다고 오다가다 만난 시정의 여인을 백련으로 미화했을 수도 없다. 작품의 세부적 맥락으로 볼 때 이 시는 결혼 전 결핵 치료를 위해 요양하며 번민하던 시기에 약혼녀에 대한 사랑을 표현한 작품으로 보는 것이 적절하다. 보수적인 당시의 가족 상황에서 이 작품의 내용을 설명할 수는 없었을 터이기에 혼자 써 두었다가 적당한 시기에 발표했을 것이다. 그래도 작품의 내용에 해당하는 "애련愛戀 제1장"이라는 말은 넣어서 발표한 것이다.

이 두 편의 시에는 폐결핵 투병기의 절망적 자포자기의 심정이 투영되어 있다. 「소야곡」에는 절망의 심정이 직접적으로 표현되었고 「백련」에는 연모의 감정 안에 간접적으로 표현되었다.

구상이 폐결핵 요양을 위해 수도원 산장으로 들어갔을 때 자신의 질병에 절망을 느껴 약혼녀 서영옥에게 모든 것을 끝낸다는 절연의 통고문을 보냈다. 이 편지를 받은 서영옥은 약혼자를 설득하기 위해 말도 굴러떨어질 정도로 험하다는 마전리馬轉里로 길을 떠났다. 흥남의 병원에서 기차를 타고 온 서영옥이 구상의 모친에게 마전리로 가는 길을 물었고 모친이 아무리 만류해도 약혼자를 만나겠다며 초행의 멀고 험한 길을 떠난 것이다. 구상은 이런 사실도 모른 채 성모승천축일을 지내려고 덕원 집으로 돌아왔다. 어머니는 구상을 보자 그 여의사를 만나지 못했느냐고 물으며 있었던 일을 말해 주었다. 험한 길을 혼자 떠난 것도 무리려니와 길까지 엇갈리게 되었으니 정말 낭패였다.

당황한 구상이 허둥지둥 인편을 얻어 떠나보내려는 참에 기진맥진한 약혼녀가 들어서는 것이다. 우여곡절 끝에 마전리에 들어섰으나 구상이 덕원 집으로 갔다는 말을 듣고 다시 발길을 돌려 돌아왔다는 것이다. 그 말을 들은 구상은 자포자기의 나락에서 벗어나 희망의 서광을 대하는 느낌을 가졌다. 자신이 살 수 있겠다는 생각과 함께 투병의 의지를 갖게 된 것이다. 천생연분이라고 생각하고 두 사람은 이듬해 봄 결혼식을 올렸다. 서영옥과 혼인신고를 한 날짜는 1945년 4월 19일로 기재되어 있다. 유복한 딸부잣집의 큰 사위로 입성한 것인데, 어려운 병을 지닌 채 희망의 서광을 안고 이루어진 결혼이어서인지 구상은 결혼식 풍경을 그리 밝게 회상하지 않았다.

찬류사상竄流思想에 젖어서일까?
우리의 사랑은 처음부터 늙어 있었다.

잘츠부르크의 보석나무가
환영임을 이미 알고 있었고
로미오와 줄리엣의 그 불꽃과
감미로움을 하찮게 여겼으며
서로가 오직 물고기에게
담수淡水이기를 바랐다.

사모관대와 족두리를 하고
그레고리안 합창이 울려 퍼지는
십자가 제단 앞에서
우리는 부동아라한不動阿羅漢이기를 다짐했다.

　　　　　　　　　　「모과 옹두리에도 사연이 14」 전반부

첫 행의 "찬류사상"이란 말이 벌써 부정적 의식을 드러낸다.
찬류란 천국에 들어가기 전 죄인으로 사는 현세의 삶을 말한다. 인간은 죄를 짓고 낙원에서 쫓겨나 현세에서 고통을 받으며 유형의 삶을 보낸다는 생각이다. "잘츠부르크의 보석나무"는 스탕달의 『연애론』에 나오는 이야기다. 스탕달이 '결정화' (la cristallisation)라고 부른 이것은 연애 초기에 상대방을 이상화하는 현상을 의미한다. 잘츠부르크의 소금 광산 밑바닥에 나뭇가지를 던져 넣었다가 두세 달 후에 꺼내 보면 나뭇가지에 반짝이는 소금 결정들이 뒤덮여 있다. 그것은 마치 반짝이는 다이아몬드처럼 보인다. 그러나 그것은 소금 결정에 덮인 나뭇가지일 뿐이다. 이것이 바로 사랑에 빠진 사람에게 일어나는 보석나무의 환상이다. 하나의 나뭇가지에 불과한데 사랑에 도취된 사람들은 상대방을 보석나무로 착각하는 것이다.

구상은 스탕달의 보석나무 이야기를 들어 사랑이 환상의 소산임을 말한 것이다. 로미오와 줄리엣의 사랑도 허구임을 잘 알고 있다고 했다. 죄인으로서의 유찬의 삶인데 그런 아름다움과 황홀이 있을 리가 없다고 생각한 것이다. 물고기의 담수처럼 상대를 숨 쉬고 살게 하는, 그런 역할을 하면 그만이라고 생각했다. 담담하게 표현했지만 이러한 결혼 생활은 사실 가장 바람직한 것이 아닐까? 상대방이 놀고 숨 쉴 수 있도록 담수의 역할을 해 주는 부부의 관계라면 가장 이상적인 결혼상이 아닐까?

가톨릭 집안끼리의 결혼이라 성당에서 그레고리안 성가가 울렸을 터인데, 구상은 그런 가톨릭 분위기에 어울리지 않게 일본대학 종교과 시절에 배운 '부동아라한'을 떠올리며 그저 남편과 아내로 변함없이 지내기만을 다짐했다고 적었다. 부동아라한은 불교의 용어로, 깨달음을 이룬 후 어떠한 악연이 와도 자신의 태도를 바꾸지 않는 존재를 말한다. 구상과 서영옥은 파란만장한 세월의 우여곡절 속에서도 정말 부동아라한처럼 평생을 살았다.

5

해방과 탈주

결혼한 지 4개월 후 해방을 맞았다. 해방을 맞았을 때 구상이
인상적인 일로 기록에 남긴 것은 한 중국인 농부와 일본인 여
인의 모습이다. 일본이 패망한 날은 중국이 장기간의 항일 전
쟁에서 승리한 날이다. 그런데 여위고 지친 중국인 농부는 평
소와 다름없이 거름을 퍼서 밭에 나르고 있었고, 꽃무늬 몸뻬
를 입은 일본인 아낙네는 패망 소식도 모르는지 밭에서 호미
로 김을 매고 있었다. 이 장면을 소개하면서 구상은 그들이 흥
분하지 않고 자신이 하던 일을 묵묵히 행하는 자세가 해방의
실체를 모르고 흥분에 휩싸였던 우리들의 모습과 비교할 때
상대적으로 긍정적으로 비쳤다고 서술했다. 이것은 그 이후에
겪게 되는 공산 치하에서의 살벌하고 굴욕적인 사건을 예고

한 것이다. 해방의 감격이 역사의 배반으로 전환되는 체험을 하게 된다.

구상의 집안은 전통적인 가톨릭 신자 계통이기 때문에 공산주의와는 화합할 수 없는 처지에 있었다. 그래도 일제강점기에 '주의자' 소리를 들어서 그런지 공산주의자들의 손길은 구상에게도 뻗어 왔다. 구상은 몇몇 사람들과 함께 강연장에 불려 갔고 원산문예총연합회에도 가입했다. 변해 가는 상황에 그렇게 대처할 수밖에 없었다. 원산문예총연합회는 하위 조직으로 원산문학가동맹을 구성하고 '해방기념시집' 발간을 기획했다. 원산문예총 위원장 박경수의 청탁으로 구상은 이 시집에 작품을 세 편 발표했다.

시집의 장정은 이중섭이 맡아 그가 좋아하는 어린아이 그림을 넣었고 종이는 한지를 써서 고풍스럽게 꾸며 다수의 시인들이 참여하는 고급스러운 시집이 되도록 기획했다. 작품집 제목은 '응향凝香'으로 정했는데, 위원장인 박경수가 붙인 것으로 향기가 응집되어 있다는 뜻이다. 시집의 제목으로는 그럴듯했지만 순수문학적 취향을 드러낸 것이어서 현실 변혁을 추구하는 공산주의 정권의 노선과는 부합하지 않았다. 공산주의자였지만 건전한 상식을 지니고 있던 박경수는 해방 이후 북한 정권의 흐름을 제대로 파악하지 못하고 그들의 취지와는 사뭇 거리가 있는 제목을 정한 것이다. 이 제목부터 북한 정권의 비위를 건드렸을 것이다.

시집 『응향』은 지금 실물實物이 전하지 않고 그에 대한 논의만 문헌으로 확인할 수 있다. 시집이 간행된 시기에 대해 구상은 1946년 9월경 간행되고 10월에 평양에서 날벼락이 떨어졌다고 회고했지만, 남한의 조선문학가동맹 기관지인 『문학』 3집(1947.4.)에 실린 「시집 『응향』에 대한 결정서」를 보면 1946년 12월에 간행된 것을 확인할 수 있다. 그러니까 1946년 광복절을 앞두고 발간 준비를 시작하여 작품을 모은 것이 9월이고 실제 출간은 12월에 이루어진 것이다. 이에 대한 비판은 즉각적으로 제기되어 이듬해 1월에 본격적으로 전개되었다.[15] 북한의 정치 지도부는 인민에게 복무해야 할 문학이 현실도피적이고 퇴폐적인 정서를 담고 있는 데 대해 분명한 비판의 선을 긋고 『응향』에 수록된 작품의 창작 행위를 건국 시점에서 용납할 수 없는 반동 행위로 규정했다.

강홍운, 박경수 등 다른 시인들의 작품을 비판하는 동시에 구상의 「길」, 「밤」 등의 작품을 들어 "반동적 예술지상주의의 산물", "반인민적 경향"이라고 비판했다. 잘 알려진 「여명도」

---

15   강호정, 「해방기 응향 사건 연구」, 『배달말』 50, 2012. 6, 98-100쪽.
    박민규, 「응향 사건의 배경과 여파」, 『한민족문화연구』 44, 2013. 10, 296-300쪽.

는 다음과 같은 내용의 작품인데, 이 시의 절망적 분위기가 사회주의국가를 새롭게 건설하려는 북한 정권의 시각에 퇴폐적으로 비친 것이다.

동이 트는 하늘에
까마귀 날아

밤과 새벽이 갈릴 무렵이면
카스바마냥 수상한 이 거리는
기인 그림자 배회하는 무서운
골목….

이윽고
북이 울자
원한에 이끼 긴 성문이 뼈개지고
구렁이 잔등같이 독이 서린 한길 위를
횃불을 든 시빌이
깨어라!
외치며 백마를 달려.

말굽소리

말굽소리

창칼 부닥치어

살기를 띠고

백성들의 아우성

또한 처연한데

떠오는 태양 함께

피 토하고

죽어가는 사나이의 미소가

고웁다.

「여명도」 전문

이 작품을 포함한 구상의 시적 경향에 대해 북한 문예지도부
는 "현실에 대한 그로테스크한 인상에서 오는 허무한 표현의
유희이며, 낙오자로서의 죽어져 가는 애상의 표백밖에 찾아
볼 수 없다."[16]고 지적했고, 비평가 안막은 그 후의 한 연설에

---

16 강호정, 「해방기 응향 사건 연구」, 『배달말』 50, 2012. 6, 99쪽에서 재인용.

서 『응향』의 시에 대해 "비탄과 우울과 도피와 절망은 조국 건설을 위한 조선인민들의 영웅적 노력과 투쟁과는 아무런 연관성 없는 다 죽어 가는 낡은 사상의 신봉자들만이 이해할 수 있는 과거의 유물들"[17]이라고 비판했다. 가장 혹독하게 비판한 사람은 백인준이었다. 그는 『노동신문』에 두 차례에 걸쳐 당과 인민에게 복무해야 할 문학예술이 회의적·공상적·퇴폐적·도피적·절망적·반동적인 경향을 보였음을 신랄하게 비판했다.

결국 평양의 중앙문예총연합회에서 최명익, 송영, 김사량, 김이석이 파견되어 현장 검열을 했다. 원산의 영화관에서 이 시집에 대한 실사 보고와 자아비판이 진행된 것이다. 소설가 송영이 살기등등한 어조로 시집 『응향』에 대한 전반적인 보고 연설을 시작했다. 그다음에는 필자들의 자아비판이 이어질 예정이었다. 구상은 이러한 정치적 검열과 탄압에 위기의식을 느끼고 그 자리를 피해 거리로 나왔다. 어찌할 바를 몰라 밤거리를 헤매며 느꼈던 정신적 고통과 신음을 평생 잊을 수 없었다고 구상은 술회했다.

그날 이후 며칠간 은둔 생활을 하며 탈출에 필요한 위조 증

---

17 박민규, 「응향 사건의 배경과 여파」, 『한민족문화연구』 44, 2013. 10, 304-305쪽에서 재인용.

명서 등을 갖추어 가지고 단신으로 서울을 향해 길을 떠났다. 그러나 경기도 연천의 38선 경계선에서 경비병에게 체포되어 불기 하나 없는 옥사에 갇혔다. 한겨울의 얼어드는 추위와 피곤과 절망에 휩싸여 죽음이 오히려 간절하게 느껴졌다고 훗날 고백했다.[18] 그래도 탈출해야 산다는 필사의 정신으로 재래식 변소 밑으로 내려가 기적적으로 탈출했다고 한다. 여기에 대해 구상은 "신은 나에게 감옥 탈출이라는 엄청난 초인적 영력을 주시어"[19] 탈출에 성공했다고 기록했다. 그는 1947년 2월 초순에 서울에 도착했다. 부인이 월남한 날짜는 호적에 1947년 4월로 기록되어 있다. 맨손으로 탈출한 처지이기에 살림이 말이 아니어서 "밀가루 수제비로 끼니를 잇고, 헝겊이 없어서 시멘트 포대로 기운 이불을 덮고 사는"[20] 상태의 궁핍한 생활을 했다. 그는 서울의 인상을 훗날 "내가 내디딘 서울은/꿀꿀이죽처럼 질퍽하고/역했다"(「모과 옹두리에도 사연이 19」)라고 회고했다.

구사일생 월남한 구상은 본인의 의사와는 관계없이 남한 문단에서 유명 인사가 되는데 그것은 그의 월남 동기가 된

---

18 구상, 『모과 옹두리에도 사연이』, 홍성사, 2002, 274쪽.

19 위의 책, 158쪽.

20 구상, 『시와 삶의 노트』, 홍성사, 2007, 36쪽.

『응향』 사건 때문이었다. 1947년 4월에 간행된 조선문학가동맹 기관지 『문학』 3집에 「시집 『응향』에 대한 결정서」가 전문 소개되었다. 좌익 문학 단체와 논쟁을 벌이던 김동리, 조연현, 곽종원 등이 북한의 결정에 반박하는 비판적 논설을 연이어 발표하여 문학의 독자성을 강조하고 정치적 억압의 부당성을 밝혔다. 필화 사건의 당사자인 구상도 경위를 밝히는 글을 발표했다. 이 논쟁은 남한 문단의 문학적 지향을 선명하게 하고 민족문화 진영의 결속을 공고히 하는 기능을 했다. 이를 통해 구상은 북에서 정치적 핍박을 받고 월남한 반공 문인으로 남한 문단에 이름이 알려지게 되었다.

6

월남 후의 우여곡절

서울에 도착한 그는 소설가 최태응의 도움으로 여성 정치인 박순천이 간행한 『부인신보』의 기자로 취직했다. 최태응은 일본대학 문과 동문으로 황해도 장연에서 월남해 서울에 자리를 잡고 있었다. 『부인신보』는 박순천이 1947년 5월 3일 창간한 대한독립촉성애국부인회의 기관지다. 여성들의 계몽과 단결을 위해 신문을 발간한다는 취지를 창간사에 밝혔고, 이 신문이 모든 여성의 대변자가 되어, 여성의 지식 계몽과 여권 획득, 문화 향상을 위한 매체가 되기를 희망한다고 밝혔다. 1949년 2월에 『부인신문』으로 개제되어 1950년 6월 27일 자로 종간되었다.

1947년 8월 12일 구상은 『부인신보』 기자 자격으로 '조선

신문기자협회' 결성식에 참가하여 김광섭, 양우정, 조연현, 이용규 등과 함께 협회의 위원이 되었다. "언론의 자유는 생명의 자유", "필진의 결속은 민족의 선봉"이라는 표어를 내걸고 야심적으로 출발한 협회였다. 『부인신보』가 정식 신문이 아니라 부인회의 기관지였기 때문에 신문기자협회 활동을 기반으로 구상은 자신의 외연을 넓혀 중앙통신사 취재부장을 맡았다.

그러나 젊은 혈기와 낭만적 열정으로 자유분방하게 생활하던 구상은 월남한 지 1년 만에 결핵이 재발하여 마산의 요양원으로 내려가게 된다. 마산에서 치료를 받게 된 데는 부인의 큰 정성이 있었다. 당시 상황을 구상은 다음과 같이 회고했다.

두 번째 발병은 1948년 월남 후 1년 만이었다. 이때야말로 나의 이제까지의 생애에서 병과 가난에 제일 몰린 시절이었다. 그때 얻어걸렸던 직장은 한민당 3층(현 동아일보사)에 있는 중앙통신사 취재부장이라는 것이었는데, 얼되고 천방지축이었던 나는 월급을 지하실 식당 술값으로 바치고 말곤 하였다. 이러는 중에 덜컥 폐병이 재발되었다. 우선 서울여의전 병원(현 고려대 부속 우석병원)에 입원은 하였으나 치료비, 입원비 등 앞길이 막막하였다. 이런 경제적 암담은 오히려 병세를 악화시킬 뿐이었다. 여기서 아내는 한 방법을 염출해 냈으니 그것이 곧 마산 교통요양원

에의 취직이었다. 말하자면 자기는 의사로 가고 나는 환자로 입
원을 시키는 계획인데 순조롭진 않았지만 사면팔방으로 달려
다니던 아내는 이를 마침내 성취하였다.[21]

원산에서 단신 월남하여 의지할 데 없었던 구상이 2차 발병한
시점은 1948년 2월경으로 이때 부인이 첫아이를 임신하고 있
었다. 부인은 남편의 치료를 위해 마산 교통요양원에 의사로
부임해서 어느 정도 자리를 잡은 후 남편을 마산으로 오게 했
다. 당시 가톨릭계 신문인 『경향신문』 1948년 4월 18일 자 「문
화수첩」에 구상 시인이 마산 요양원으로 전양轉養하였다는 기
사가 나온다. 이 시기는 첫아이를 출산한 시점과 일치한다. 맏
아들 구홍具鴻이 1948년 4월 18일 마산에서 출생한 것이다. 구
상은 부인의 출산이 임박하자 서울 생활을 서둘러 정리하고
마산으로 내려갔던 것이다.

시집 『구상』에 '폐병'이라는 부제를 단 작품이 네 편 있다.
폐결핵으로 투병할 때의 상황을 배경으로 한 자전적인 작품
이다. 「꽃과 주사약」, 「바다」, 「열熱」, 「잠 못 이루는 밤에」가 그
것인데 부제 '폐병' 옆의 번호가 『구상 시 전집』(1986)에 실리면

---

21   구상, 『모과 옹두리에도 사연이』, 179쪽.

서 변경되었다. 새로운 번호는 상황의 시간 순서의 역순으로 배치된 것 같다. 시에 담긴 상황의 시간 순서에 따르면 「열-폐병 4」가 제일 처음의 작품이고 「잠 못 이루는 밤에 - 폐병 3」이 그다음, 「바다 - 폐병 2」, 「꽃과 주사약 - 폐병 1」이 다음 순서로 판단된다. 작품의 내용을 통해 당시의 상황을 재구성해 볼 수 있다.

추억은 가까워질수록 자꾸만 짓궂어집니다. 사나이는 현기증이 난 듯이 어지러워져 마주 대한 종이도 이제는 공간空間처럼 보이지 않습니다. 마침내 오한이 엄습하여 그는 신장대를 쥔 듯이 온몸을 떨다가 그예 자리에 푹 쓰러지고 말았습니다.

얼마 만엔가 이불 속에서 얼굴을 내밀었을 때 그의 눈은 퉁퉁 부어 있었습니다. 맞은편 방에서는 갓 서른에 첫 어머니가 된다는 그의 아내가 융 바느질을 하고 있습니다. 그의 얼굴엔 마리아의 성상聖像 같은 평화가 깃들어 있었습니다.

열이 가신가 봅니다. 이제 사나이는 욕망도 단념도 귀찮아졌습니다.

「열 - 폐병 4」 후반부

「열」에는 결핵의 발열로 괴로워하는 사나이가 등장한다. 그는 과거의 우울한 기억을 떠올린다. 과거의 시간 속에는 생의 의지와 열망이 있었고 환희도 있었다. 그러나 그것은 잠시뿐, 바닥으로 가라앉고 고뇌와 회한이 밀려든다. 어느 때는 무언가를 갈망하기도 했고 어쩔 수 없이 단념하기도 했다. 가혹한 번민에 사나이는 오한이 엄습하여 병상에 쓰러지고 만다. 이불에 얼굴을 묻고 눈이 퉁퉁 붓도록 눈물을 흘린다. 맞은편 방에는 갓 서른에 처음으로 어머니가 될 아내가 태어날 아이를 위해 바느질을 하고 있다. 아내의 얼굴엔 "마리아의 성상聖像 같은 평화"가 깃들어 있다고 시인은 썼다. 시인은 아내의 평온한 모습에서 위안을 얻는 것이다. 이 시에는 아직 만삭에 이르지 않은 아내의 모습이 나타나 있다.

「잠 못 이루는 밤에」에도 번민하는 자아의 모습이 나타나는데 상황이 달라져 있다. "지난 삼동三冬 서울 냉골에서는 세멘 포대 조각으로 기운 이불을 덮고도 저녁술만 놓으면 소대상 모양 잠들었는데 푹신한 침대 위에 따스한 이불을 덮고도 어이 나는 잠 못 이루는가."라는 구절이 나온다. 이 구절은 서울 집에서 마산 요양원으로 이주한 시점의 상황임을 알려 준다. 이 시의 끝부분에는 "만삭이 된 아내의 잠든 얼굴이 또 하나 달이여 희다."라는 대목이 나온다. 만삭의 아내 얼굴이 또 하나의 달처럼 희게 보인다는 뜻이다. 앞의 시 「열」과 비교해 볼 때 첫아이의 물품을 준비하는 상태에서 만삭의 상태로 시간이 진행되었음을 알 수 있다.

「바다」는 시기나 상황을 알려 주는 정보는 없고 바다를 보며 상념에 잠긴 화자의 모습이 나타난다. 다만 시의 끝부분에 "사나이는 가슴을 앓고 이 바다를 찾아온 것이다."라는 구절이 있어서 결핵 치료를 위해 바다가 인접한 마산으로 요양 온 상태임을 짐작할 수 있다. 앞에서 말한 대로 구상이 마산에 이주한 직후 첫아이가 태어났으므로 이 작품은 마산에 정착해서 어느 정도 시간이 지난 시기의 정황을 그린 것이다.

「꽃과 주사약」은 마산 요양원에서 주사를 맞으며 치료받는 상황을 시의 소재로 삼았다. 결핵 치료의 보조 요법으로 칼슘 주사를 맞는 구상에게, 아내가 격려하는 뜻으로, 간호사가 시드는 꽃에 주사약 앰풀 한 대를 부었더니 며칠 동안 싱싱해지더라는 이야기를 했다. 그 이야기를 듣고 이튿날부터는 주사 맞을 때 팔을 쑥 내밀며 농담 삼아 꽃도 주사를 맞으면 싱싱해진다니 맞아야지, 하고 말한다. 그러나 주사를 맞은 다음에는 속으로 겨우 며칠 동안만 싱싱하다는데, 하고 자조의 웃음을 짓는다. 겉으로는 치료에 적극 임하는 것 같으면서 한편으로는 병에 대해 비관하는 심사를 은근히 내비친 것이다. 산문 회고록에서는 이 시를 인용하며 폐결핵 환자의 뒤틀린 이중적 심리의 표현이었다고 고백하며 자신의 뒤틀린 심사 때문에 아내의 호의에 고약한 반응을 보였음을 자책하였다.

이 네 편의 작품을 통해 결핵 치료를 위해 마산 요양원으로 내려갔던 시기의 전후 사정과 구상의 내면 풍경을 어느 정도 파악할 수 있다.

마산 요양원으로 내려가자마자 맏아들 홍鴻이 태어나 아버지가 되었을 때 구상의 감회는 남달랐을 것이다. 부부가 고향을 버리고 월남하여 객지에서 병중에 얻은 아들이니 감격스러운 심회를 무어라 표현하기 어려웠을 것이다. 세월이 흘러 자전적인 회고의 시를 쓰게 되었을 때 그날의 감격을 차분하게 회상하여 표현했다.

응애
응애
응애

새 생명이
곰지락대며 내는
풋내 울음

순결한 심신의 수줍은 애무와

간절한 헌신의 합환合歡과 그 결정結晶으로

우리 양주兩主가 지상에 새로 돋게 한

별.

갓 서른에 처음 어미가 된 아내는

대보름달 미소로 젖을 물리며

내 어렸을 적 또한 엄마에게서 듣던

옛 자장가를 읊조린다.

병상에서 황국黃菊처럼 시들어 가던

나에게도

이 첫아이의 출생은

소생의 흥건한 약수藥水였다.

「모과 옹두리에도 사연이 23」 전문

"응애 응애"라는 의성어는 그날의 감격을 청각적으로 환기하는 역할을 한다. 구상은 나이 서른에 처음으로 아버지가 되는 그날의 인상을 어린아이의 울음으로 표현했다. "새 생명이/곰지락대며 내는/풋내 울음"에서 병중에서 소생하는 기쁨을 맛보았다고 했다. 순결한 마음으로 부부가 합환하여 그 헌신의 결정으로 지상에 새로 돋게 한 별이 바로 아이의 탄생이었다고 감격을 노래했다. 아이의 탄생은 고향을 떠나 고초를 겪은 젊은 부부에게 빛나는 별이자 시원한 생명수였던 것이다.

구상은 마산에서 10개월 정도 치료를 받았다고 하는데, 구상의 직장이 없는 상태에서 부인의 월급만으로 생활과 치료비를 감당하기에는 어려움이 있었을 것이다. 더군다나 새 아이도 태어났으니 양육의 부담도 가중되었다. 이때 도움을 준 인물이 진주의 시인 설창수다.

그는 1916년생으로 구상보다 세 살 위고 일본대학 예술과를 다닌 경력이 있어 구상과는 통할 수 있는 사이였다. 일제 강점기에 민족운동을 하여 2년간 옥고를 치른 경력의 소유자고 좌익에 맞서 청년문학가협회에 참여한 민족주의 시인이다. 해방 이후 시를 발표하고 『경남일보』의 사장과 주필을 겸하여 우익 언론 활동을 펼쳤기 때문에 월남 문인 구상에 대해 알고 있었을 것이다. 그는 구상이 폐결핵 치료를 위해 마산에 온다는 소식을 듣고 위문금을 모금하는 발기문을 돌렸다. 그 발기문은 "해당화 피는 원산에서 공산당들에게 시를 쓴 죄로 결정서와 박해를 받고 월남 탈출하여 사고무친한 자유 남한에

시인 설창수

서 해당화 같은 피를 쏟으며 고독하게 쓰러진 시인 구상을 구출하자"라는 절절한 내용이었다. 그는 상당액의 모연금과 취지문, 참가자 명단을 구상에게 전달했다. 전혀 예상치 못했던 후의에 구상은 감격의 눈물을 흘렸다. 이 일로 구상과 설창수는 결의형제가 되어 첫 시집 『구상』의 발문을 설창수가 쓰고 1998년 설창수가 세상을 떠나는 날까지 깊은 우정을 나누었다.

건강이 어느 정도 회복되었을 때 서울에서 새로 창간하는 『연합신문』의 부장을 맡아 달라는 연락이 왔다. 『연합신문』은 1949년 1월 22일 양우정이 창간한 대형 4면 구성의 본격적인 석간신문으로 『부인신보』나 중앙통신사와는 격이 다른 정격 신문이었다. 『부인신보』의 편집 일을 보던 임원규가 편집국장을 맡아서 구상을 영입한 것이다. 구상은 그러지 않아도 세상일이 궁금하던 판에 즉각 수락하고 서울로 올라왔다.

『연합신문』은 창간사에서부터 이승만 대통령을 지지하는 우익 노선을 명확히 드러냈다. 북한에 대해서는 시종일관 "괴뢰정권"이라고 호칭했고 "북진통일"이라는 용어를 선구적으로 사용했다. 이러한 노선의 『연합신문』이기에 북쪽에서 탄압을 받고 월남한 구상이 적임자라고 생각했을 것이다. 구상도 문화부장을 맡아 혼신의 정열을 기울여 일했다고 회고했다. 그러면서도 자전적 시에서는 문학의 길에서 이탈하여 틀에 박힌 기사를 쓰는 자신의 처지를 풍자적으로 표현했다. "나는 우익지의 기자가 되어/마치 스페인내란 당시 프랑코 휘하의/의용병으로 자처했다."(「모과 옹두리에도 사연이 19」)라는 구절은 프랑코 군부의 성격도 모른 채 인민전선에 맞서 우익의 전사가 된 의용병의 처지로 스스로를 자조하고 비하한 것이다. 이런 점을 보면 그의 내면에 감출 수 없는 레지스탕스의 피가 흐르고 있음을 알 수 있다.

이 시기에 대구의 시조시인 이호우를 총살 직전의 위기에서 구출하는 특이한 경험을 했다. 이호우 시인이 억울한 누명을 쓰고 남로당의 간부로 조작되어 군법정에서 사형이 확정되었는데 이것은 무고에 의한 것이니 구출해 달라는 진정서가 문예총연합회 본부에 들어온 것이다. 남의 억울함을 보고 참지 못하는 성격의 구상은 이 일에 적극 참여하여 조지훈, 이한직, 조영암과 함께 대통령 공보비서관 김광섭의 서명을 받고 '이호우사건 재조사단'이 되어 대구로 향했다. 각 방면으로 접촉하고 노력하였으나 이호우와 면회도 못하고 사형 집행만 하루 연기한다는 약속을 받고 낙담해서 서울에 올라왔는데,

그 사이에 김광섭이 국방부 장관과 협의하여 이호우 시인을 서울로 이송하고 다음 날 석방될 수 있게 조치하였다. 사형수에서 무죄로 석방된 이호우로서는 기쁨도 컸지만 억울한 마음이 더 컸을 것이다.

시조시인 이호우

이 사건은 초창기 군 수사당국이 얼마나 허술했는지 잘 알려 주는 사례다. 그래도 당시에는 문인들의 여론이 어느 정도 영향력을 행사할 수 있었고 옳은 일을 위해 힘을 합치는 기풍이 있었음을 알려 주기도 한다. 이처럼 구상은 "부지런히 남을 위해 뛰는 휴머니스트의 모습"[22]을 갖고 있었다. 남의 억울한 일에 발 벗고 나서서 도움을 주는 그의 태도는 평생 지속되어 많은 일화를 남겼다.

의욕적으로 출발한 『연합신문』이었지만 당시의 열악한 경제 여건 속에서 구독자를 늘리는 것은 한계가 있었다. 『연합신문』은 경영난에 빠져 휘청거렸다. 구상도 처음 참여하던 때의 의욕이 저하되어 마음의 동요가 일어나던 1949년 후반 육군 정보국에서 연락이 왔다. 대통령 공보비서관으로 있던 김광섭

22　심원섭, 「지옥도와 절대 영원의 사이」, 『현대문학의 연구』 7, 1996. 12, 192쪽.

시인이 추천한 것으로 반공 월남 문인이라는 점 때문에 구상이 지명되었을 것이다. 그에게 맡겨진 것은 첩보부대의 특별 홍보물과 북한에 대한 격문 등을 제작하는 일이었다. 김광섭의 호의를 거절하기 어려웠고 한편으로는 자신을 핍박한 공산당에 대한 적개심도 작용하여 그 일을 수락했다. 1952년 7월 4일 진주의 벗 설창수에게 보내는 편지 형식의 글에서 "세칭 국방부 권력기관에 졸도卒徒로 붙어먹는다는 인간성의 손가락을 받으면서도 환향還鄉이라는 이것 때문에 오직 적개심에 불탔던 것"[23]이라고 의미를 부여했다. 국방부 사업에 협력하면 고향에 돌아갈 수 있는 날이 빨리 오지 않을까 하는 희망에서 이 일에 참여했음을 밝힌 것이다.

그는 북한의 실상을 폭로하는 『북한특보』라는 보도물과 북한에 비밀 배포되는 『봉화』라는 지하신문을 제작했다. 자유 남한의 발전상을 알리는 글과 북한 동포에게 전하는 격문 등을 편집해서 책자를 만들면 비밀 루트를 통해 북한에 배포되었다. 『북한특보』는 정기간행물의 성격을 띠고 있었다. 당시 『경향신문』 1949년 9월 18일 자 기사에 의하면 육군 정보국의 지원에 의한 『북한특보』의 발간을 예고하면서 특보사의 진

---

23   구상, 「정화여난(政禍餘難)」, 『민주고발』, 홍성사, 2008, 116쪽.

용으로 사장에 고성훈, 주간에 구상, 편집국장에 박연희, 편집위원에 최태응, 조영암을 소개하고 있는데, 구상이 편집의 주역을 맡았음을 알 수 있다.『북한특보』창간호가 9월 하순에 나왔는데, 북한의 실상과 동향을 다양하게 소개하는 한편, 김송, 최태응의 소설과 김동명, 박화목의 시도 게재하여 일반 교양지의 성격도 담고 있었다. 육군의 지원을 받아 나오기 때문에 재정이 넉넉한지 각 일간지에 창간호 간행 광고도 실었다. 발표 지면이 없었던 문인들로서는 원고료 수입을 얻는 기회가 되었을 것이다. 그러나 11월호부터는 문예면이 약화되고 북한의 비행과 치부를 폭로하는 기사가 많아진다.

문학적 순수성을 견지한 시인이자 언론인인 그가 일종의 대북 선전물을 편집 배포하는 일을 하니 그것에 대한 회의가 없을 리 없었다. 그는 인간의 진정성에 대한 자의식이 강한 사람이었다. 어느 경우든 인간으로서 정당한 일을 해야 한다는 에토스를 지니고 있었다. 그래서 그때의 씁쓸한 심정을 훗날 다음과 같이 표현했다.

지금 생각하면
브래지어를 차고 여장女裝을 한 것보다
정보수情報手가 된 나의 꼴이 더 우습다.

내가 작성하는 모략 선전문들을
순정의 혈서 쓰듯 했다.

그때 내가 가장 미워한 것은
감미로운 서정이요,
자연에의 흥취와 그 귀의였다.

나와 길이 어긋나지만
말로나 헤밍웨이를
사범師範으로 여겼다.

시와 그 진실이 일치하는 삶!

그리고 나는 총알 같은 운명을
희구하고 있었다.

「모과 옹두리에도 사연이 26」 전문

구상은 자신을 곡마단의 피에로보다 더 우스꽝스러운 못난
존재로 인식했다. 문학의 길, 진정한 언론인의 자리에서 물러

나 잡다한 정보를 모아 선전 홍보물을 만드는 처지로 내려앉은 자신의 모습을 "정보수情報手"라고 비하했다. 가장 미워한 것이 "감미로운 서정", "자연에의 흥취와 그 귀의"라고 했지만 정작 간절히 쓰고 싶었던 것이 바로 그러한 주제의 시였을 것이다. 현실의 상황 때문에 그러한 시의 본령을 거부하게 된 것 자체가 비극이었다.

앙드레 말로와 어니스트 헤밍웨이는 세계문학사에 행동주의 문학자로 이름을 올린 작가다. 두 작가는 부조리한 운명에 도전하며 자신의 의지와 신념을 끝까지 지키는 행동하는 인간상을 소설로 형상화했다. 그뿐 아니라 그들은 스페인내란에 참전하여 인민전선 편에서 싸움으로써 자신들의 신념을 행동으로 보여 주었다. 구상은 그들과 달리 반공전선에서 활동했지만, 현실 참여와 문학적 실천을 병행한 그들의 장점을 본받고 싶었다. 그들을 문학의 '사범'으로 여겼지만 그들처럼 행동의 문학을 창조할 수 없다는 박탈감이 그를 괴롭혔다. 구상이 원한 것은 "시와 진실이 일치하는 삶"이었다. 그러한 삶을 위해 총알 같은 운명으로 돌진하고 싶었으나 현실의 조건은 그것과 너무나 거리가 멀었다.

구상이 처한 현실은 암울하기 그지없었다. 그는 적수공권의 월남 난민이었다. 육군 정보국의 지원을 받는 잡지 편집을 한 데에는 경제적인 곤궁도 분명히 작용했을 것이다. 시집『구상』에 "기축己丑 동지冬至 아침"에 썼다고 표기된「시詩 여담餘談」이라는 작품이 있다. 기축년은 1949년이니 1949년 12월이면 육군 정보국 지원으로『북한특보』와『봉화』를 발간하고 있을 때다. 이 시에 생활의 경제적 난관에 처한 시인의 이야기가 나온다. 돈이 없어 김장을 하지 못했는지 밥상에서 밥을 먹는데 배추김치는 가장인 자신만 먹게 하고 다른 식구들은 깍두기만 먹더라는 것이다. 상황을 간파한 시인이 어느 편집자를 만나 그에게 시 몇 줄을 주고 쌀 한 말 값을 받아 '자야'에게 건넨 이야기가 나온다. 이 시에 나오는 '자야'는 부인 대신 가사 업무를 주관했던 처제 서영자로 짐작된다. 이러한 생활의 어려움 때문에 좀 더 소득이 확실한 직장으로 옮겼을 가능성이 있다.

맡은 일이면 무엇이든 열심히 하는 구상은 정보국 첩보부대의 보도 자료도 잘 만들었던 것 같다. 이때 방첩부대의 지시로 북괴의 방송을 청취하는 업무를 맡아 그 동향을 분석하는 일도 했는데 북괴의 무력 도발 가능성을 포착하여 그 사실을 상부에 문서로 보고했다. 6·25 발발 일주일 전쯤에는 "이것은 남한에 대한 선전포고"에 해당한다는 보고문을 올리기도 했다. 이렇게 위험성을 경고해도 위에서 받아들이지 않으니 자포자기의 심정으로 6월 24일 저녁에도 동료들과 명동의 술집에서 비분강개하며 술을 먹었다. 만취한 상태로 곯아떨어져 다음 날 술집에서 6·25를 맞는 결과를 빚었다. 6월 25일이 일요일이기 때문에 마음 놓고 술을 먹었던 것이다.

7

종군과 피난

6월 25일 육군본부에서 당직 근무를 서고 있던 장교는 정보국 연락장교였던 김종필 중위였다. 김종필은 남침의 낌새를 확인하고 육군본부 국장들에게 급보로 사실을 알렸고, 당직사령에게 전군에 비상을 걸 것을 건의했다. 그러나 전군에 비상이 걸린 것은 급보가 들어오기 시작한 지 4시간이 지난 오전 7시였다. 소련제 전차를 앞세운 북한군은 단시간에 서울에 근접하고 전차 두 대가 서울에 진입하자 국군은 한강철교와 한강대교를 폭파했다. 전쟁 3일 만에 서울은 북한군에게 함락되었다.

구상은 군 정보국에 속해 있었기 때문에 한강 인도교가 폭파되기 전에 부대원과 함께 서울을 빠져나가 수원에 도착할 수 있었다. 거기서 국방장관 포고문 제1호의 초안을 작성했다. 그 초안을 정훈국장 이선근 대령이 수정하고 신성모 국방 장관이 발표했다. 전세가 악화되자 국군은 대전을 거쳐 대구로 후퇴했다. 구상은 대구에서 정훈국으로 옮겨 일했지만 적에게 뿌리는 전단이라든가 장병들에게 전하는 소식지를 편집 제작하는 일을 계속했다. 그 인쇄물의 제목을 『승리』라고 했고 나중에 서울 수복 후에 국방부 기관지가 된 『승리일보』의 기초가 되었다.

그는 국군 정훈국의 문관으로 문인들과 군 사이의 매개 역할을 맡았고 종군문인단 결성에 중요한 역할을 했다. 구상은 이미 수원에서 '비상국민선전대'를 조직했으며, 대전에 내려간 문인들과 합류하여 그 조직을 '문총구국대文總救國隊'로 확대 개편했다. 여기에 참여한 문인들은 조지훈, 구상, 서정주, 이한직, 박목월, 김송, 임긍재, 박화목, 이정호, 서정태, 조흔파, 김윤성 등이었고 국군 정훈국政訓局 소속하에서 활동했다. 전선이 남하하자 문총구국대는 대구를 중심으로 문인들과 제휴하여 본격적인 활동을 시작하면서 각 군에 종군작가단을 편성했다. 구상은 육군종군작가단에 소속되었고 단장은 최상덕, 부단장은 구상과 김송이 맡았다. 정비석, 박영준, 장덕조, 최태응, 조영암, 양명문 등이 가담했다.

9·28 서울 수복 때에는 정훈국 선발대에 참여하여 9월 21

일 미군 수송기로 김포에 내렸다. 인천으로 가서 수도 탈환의 준비를 하면서 서울지구 보도대장 자격으로 시민들에게 배포할 인쇄물을 만들었다. 그것이 『승리일보』다. 9월 25일 선발대와 함께 서울에 진입하면서 거리에 늘어선 서울 시민들에게 『승리일보』를 뿌렸을 때 보도 기자로서 느낀 감격과 기쁨을 평생 잊을 수 없었다고 구상은 적었다. 9·28 수복 후부터 1·4 후퇴까지 서울에서 발간되는 신문이 없었기 때문에 시민들이 의지할 수 있었던 것은 오직 『승리일보』뿐이었다. 통신 특파원이 없었던 때라 많은 신문들이 『승리일보』 기사를 전재해 실었다.

서울 수복 후 구상은 서울에 잔류했던 가족을 찾아 나섰으나 아내가 봉직했던 상명여고 사택은 폭격을 맞아 흔적도 찾을 수 없었다. 그는 가족들이 죽은 것으로 알고 술로 아픈 마음을 달랬다. 그가 시집의 머리말을 쓰고 시집의 지형을 떠 놓았을 때 서울 퇴계로에서 아내와 아들을 만났다고 했다. 구상의 이야기를 들은 고은은 그 날짜를 10월 10일로 기록했다.[24] 가족들은 충청도 광덕의 아는 집에 피신해 있었던 것이다.

구상은 서울 수복 시기에 원산에 계신 어머니에게 가지고

---

24 고은, 『1950년대』, 향연, 2005, 179쪽.

가기 위해 서둘러 시집 출판을 준비했다. 시집 머리말의 최초 집필 시점은 "경인庚寅 국추菊秋"로 적혀 있는데, 이 시기는 1950년 10월이다. 그는 수복되자마자 시집 출판을 준비하여 가족을 만난 10월 10일 이전에 작업을 일단 완료했던 것이다.

구상은 국군이 북진할 때 고향 원산에 가서 어머니를 만나지 못한 것이 평생의 한으로 남았다고 절통해했다. 신부인 형은 이미 1949년에 체포되어 독일인 신부들과 평양 감옥에 수감되었다가 평안북도 강계로 이감되었다고 하는데, 어머니는 국군이 북상했던 1950년까지 원산에 생존해 계셨다고 하니 그가 북상하는 군을 따라 원산에 갔다면 어머니를 뵐 수 있었을 것이다. 서울에서 원산 가는 출장증명서까지 떼어 놓고 비행 편까지 예약했으나 『승리일보』를 편집 배포하는 데 열중하여 북진 통일하면 나중에 만나게 될 줄 알고 일정을 취소한 것이다. 칠순 노모를 모셔 올 천재일우의 기회를 놓치고 평생의 불효자가 되고 말았다고 자책해 마지않았다. 북쪽 사정을 아는 분의 전언에 의하면 어머니는 같은 마을의 대녀 요안나 집에 기탁하시다가 1951년 3월경 돌아가셨다고 한다. 시신은 수도원 묘지에 안장했을 것이라고 추측했다.

중공군의 개입으로 전세가 역전될 조짐이 보이는 12월 21일 민족 자유 수호를 위한 신문기자 총궐기대회가 열렸는데 거기 구상도『승리일보』기자로 선언문을 발표했다. 중공군이 본격적으로 진입하자 군은 다시 후퇴하여『승리일보』도 대구로 내려가 피난 보따리를 풀었다. 구상은 서울에서 후퇴할 때 자신이 주관하는『승리일보』신분증을 문인들에게 발급하여 안전하게 남행할 수 있도록 도왔다. 북에서 내려온 김이석, 양명문, 김동진 등이 혜택을 입었다. 구상은 서울에 잔류했던 작가들의 부역 행위를 단죄하는 일에 전혀 가담하지 않았다. 오히려 현실적 상황 때문에 어쩔 수 없이 일어났던 그들의 수동적 행위를 변호하는 데 앞장섰다. 좌경의 의혹이 있던 작가들까지 광범위하게 수용하여 종군작가단을 구성했다.

대구 피난 생활에 어느 정도 안정을 얻자 구상은 서울에서 지형을 떠 놓고 간행하지 못했던 시집을 출간했다. 첫 시집『구상』은 1951년 5월 10일 자로 대구 청구출판사에서 간행되었다. 시집의 제자題字는 공초 오상순이 썼다. 시집의 '자서'를 보면 출간이 두 번이나 지연되다가 이제야 나오게 되었다는 말이 나오는데, 앞 내지에는 "북한의 공산당들이 2년 전에 납치하여다가 이제는 그만 순직하였을 나의 오직 하나인 형 대준大浚 신부의 이름으로 이 시집을 올리나이다."라는 헌사가 적혀 있다. 형인 구대준 신부는 베네딕도회 수도원을 끝까지 지키다가 1949년 북한의 대대적인 천주교 탄압 과정에서 수도원의 신부들과 함께 체포되었다. 외국인 신부들은 석방되었지만 한국인 신부들은 강제수용된 후 생사를 알 수 없게 되었다. 구상은 형 대준 신부가 순직하였을 것으로 보고 그에게 시집을 헌정한 것이다.

이 시집의 출간에 육군 정훈감 이선근 장군과 공군 정훈감 김기완 소령의 도움이 있었음을 암시하고 있다. 자신은 시를 "신동神童의 선기仙技나 천재의 요술"이라고 생각지 않으며 "생명의 소박한 실사를 시의 본령"으로 삼는다고 자신의 문학관을 밝혔다. 이 서문을 1950년 10월에 썼기에 그 끝부분에 칠순의 홀어머니를 만나고 신부 형의 시신을 찾기 위해 원산으로 향한다는 뜻을 나타냈다. "원산지구 출장증을 쥐고"라는 구절이 저자 이름 앞에 붙어 있다. 그는 이 시집을 지참하고 고향 원산으로 가고 싶었던 것이다. 그러나 전세가 역전되고 국군이 후퇴하여 피난지 대구로 내려와 이듬해 5월에야 출간된 것이다. 책 뒤에 저자의 꼬리말에서 그러한 사정을 밝혔다.

정훈감 김기완 소령은 발문에서 구상이 원산 탈환 소식을 듣자 "그는 갑자기 향수에 젖었고 몹시 초조했으며 전에 없던 또 하나의 정열이 엿보였다."고 적었다. 구상은 정말 이 시집을 들고 고향에 돌아가 홀어머니에게 보여 드리고 싶었던 것이다. 그러나 상황의 악화로 뜻을 이루지 못하고 어머니의 임종도 지키지 못했으니 천추의 한이 된 것이다.

진주에 사는 평생의 동지 설창수는 정성을 다해 발문을 썼다. 그 발문은 명문이다. 구상에 대한 그의 진심이 담겨 있기 때문이다. 구상을 인생파 시인이라고 규정한 설창수는 구상이 삶을 뿌리로 삼아 노래하는 시인이지 노래를 바탕 삼아 살아가는 시인이 아니라고 말했다. 정확한 통찰이다. 그는 세 가지 탈출을 감행한 시인이고 세 가지 행동으로 삼위일체를 이룰 시인이라고 했는데 그것도 구상의 당시 상황을 정확히 포착한 것이면서 동시에 구상의 앞날까지 내다본 예언자적 발언이다.

그러한 구상은 우리 8·15 뒤에 세 가지의 반항을 실행하여 왔다. 수도원의 담장을 넘은 것, 38선의 무쇠 포장을 끊은 것, 예술지상파의 상아탑을 허문 것 등이다.

반드시 그의 발자취는 크지 않을는지 모른다. 그러나 촌보도 타협하지 않고 꾸준히 버티며 목 메인 부르짖음을 이어 온 것만은 확실하다.

(중략)

남으로 넘어왔던 젊은이들이 다 같이 겪는 시민적 고초도 있었거니와 더구나 그를 잦아지게 외로움의 감탕 속에 몰아넣은

까닭은 문화인으로서의 동지적 빈곤과 산 어디메 해당밭 가시 덤불 속에 홀로 두고 온 80 난 어머니를 걱정함에서였다.

이제 트인 하늘로 아들의 길을 돌아가려 함에 이 시집 한 권을 불효의 속죄에 대신하여 드리는 꽃다발로 삼으려고 한단다. 갸륵한 마음이라 아니할 수 없다.

동시에 "포탄 속에서도 진달래꽃은 피겠지요" 하면서 조국의 안위와 문학의 시대적 사명을 외치던 그가 과연 이 나라의 거룩한 중창重創을 아뢰는 포성 아래서 한 아름 진달래 꽃다발을 엮어내게 된 데는 쉽사리 누구나 다할 수 없는 숨 가쁜 분투의 응보가 있었다는 내정을 생각할 때 기쁜 마음이 치밀어 오른다.

그리하여 이 꽃다발 군데군데 얽혀진 그의 정신의 피 흔적을 어루만지면서 기도하는 구상, 일하는 구상, 노래하는 구상의 삼위일체에서 이루어질, 보다 무궁한 백화난만을 빌고 믿음은 어찌 어리석은 벗 내 하나라 하랴.[25]

수도원의 담장을 넘었다는 말은 구상이 신학교에 들어갔다가 자퇴한 사실을 가리키는 동시에 가톨릭 신앙의 집안이면서도 시에서 종교적 냄새를 풍기지 않는 점을 지적한 것이다. 『응

25 설창수, 「상(常)과 나」, 『구상』, 1951, 87-89쪽.

향』사건 이후 원산을 탈출하여 남행을 감행한 것과 그러한 현실적 체험 속에서 예술지상주의에서 벗어나 현실 지향적인 시를 쓴다는 점을 특징으로 내세웠다. 전쟁의 포탄 속에서도 진달래 꽃다발 같은 시집을 내게 된 것을 축하한다는 구절이 인상적이다. "기도하는 구상, 일하는 구상, 노래하는 구상"이 삼위일체가 되기를 바란다고 말하는 대목은 앞으로 구상 시의 발전적 전개를 당부한 내용인데, 구상의 시가 실제로 이런 방향으로 개진된 것을 보면 설창수의 마음이 구상에게 이심전심으로 전달되어 창작의 지침으로 작용했음을 추측할 수 있다.

8

강직한 언론인의 면모

대구로 내려온 『승리일보』는 『영남일보』의 배려로 시설과 사무실을 같이 쓰면서 기관지를 간행했으나 전쟁이 소강상태를 보이자 전시 홍보 역할이 줄어들었다. 결국 『승리일보』는 정부 방침에 의해 얼마 가지 않아 종간되었다. 『승리일보』를 편집 제작하면서 『영남일보』 식구들과 친해졌기 때문에 중역들을 비롯한 전 사원의 요청에 의해 1952년부터 『영남일보』 주필 겸 편집국장이 되었다.

피난 생활이 길어지고 생활이 안정되면서 대구에 체류하는 문인들과 활발한 교류를 하였다. 그가 즐겨 들르던 곳은 '가고파'라는 찻집이었다. 그곳에는 김팔봉, 최독견 등의 문인들과 신문기자들, 고급 장교들도 모였다. 당시 육군본부 작전과장을 맡고 있던 공국진의 회고에 의하면, 『영남일보』 편집국장으로 있는 구상을 소개받았을 때 와이셔츠 소매에 단추 대신 고무줄을 동여맨 기이한 모습을 하고 있었는데, 구상은 이에 대해 "홀아비의 전시형 패션"이라고 유머러스한 대답을 하여 좌중을 웃게 했다고 한다.[26]

구상은 그들과 어울려 밤새 술을 마시고 여관방에 쓰러져 잠을 자기도 했는데 새벽이면 혼자 일어나 새벽 미사를 다녀왔다고 한다. 가톨릭 신자로서의 기도는 평생 지속되었다. 딸인 구자명의 회고에 의하면 구상은 일상의 여하한 여건 속에서도 취침 전 기도와 아침 기도를 거르는 법이 없었다고 했다. 병환으로 입원했을 때는 물론이요 취기가 심했을 때에도 30분 정도 걸리는 기도를 반드시 올렸다고 한다.[27] 구상은 이것을 시로도 읊었다. 『말씀의 실상』(1980)에 실린 「새해」라는 시에서 "하늘을 우러러 소박한 믿음을 가져/기도는 나의 일과의 처음과 끝이다."라고 노래했는데 이것은 시적인 수사가 아니라 그의 일상을 그대로 서술한 것이다. 그는 평생에 걸쳐 어떠한 상황에서도 가톨릭 신앙인으로서 최선의 모범을 보였다.

그는 『영남일보』의 논설과 편집을 맡으면서 두 가지 방침을

---

26   시인구상추모문집 간행위원회, 『홀로와 더불어』, 나무와숲, 2005, 51쪽.

27   구자명, 『바늘구멍으로 걸어간 낙타』, 우리글, 2009, 166쪽.

세웠다고 했다. 첫째는 친군 반독재요 둘째는 『영남일보』가 대구에서 발행되는 만큼 논설과 취재를 지방 문제에 밀착시킨다는 점이다. 두 번째 방침은 대구 시정과 경북도청의 사업에 직간접적인 영향을 미쳐 한국전쟁 시기 경북 지역 발전에 많은 도움을 주었다. 문제는 첫 번째 방침이었다. 전시이기 때문에 대공 전쟁에 대해서는 적극 지원을 해야 하지만 정권의 독재화에 대해서는 의연히 맞서서 민주주의를 수립해 나가야 한다는 구상의 방침은 여러 차례 정치적 탄압을 받게 된다.

1951년 11월 임시수도 부산의 국회에서 직선제 개헌안이 발의되었다. 1952년 8월 대통령 임기가 끝남에 따라 제2대 대통령을 선출해야 하는데 국회의 간접선거에 위기의식을 느낀 정부가 발의한 직선제 개헌안이었다. 이 개헌안은 1952년 1월 국회 표결에서 부결되었다. 국회가 파국으로 치닫고 국정이 난맥상을 보이자 이승만은 5월 25일에 전시의 공비 소탕을 이유로 비상계엄령을 선포했다. 이후 1952년 7월 4일 발췌개헌안의 강압적 국회 통과와 7월 7일 개정헌법 공포에 이르기까지 소위 부산정치파동의 혼란스러운 시기가 전개된다.

이처럼 어지러운 정치 상황 속에서 구상은 독재로 흐르는 조짐을 보이는 정권에 맞서 비판적 논설을 연이어 발표했다. 신문사에 책임이 돌아올 것이 꺼려질 때에는 자신의 실명을

밝히고 '고현잡화考現雜話', '각설
일필却說一筆' 등의 칼럼을 통해
비판의 필봉을 휘둘렀다. '고현'
이라는 말은 '고현학'에서 따온
것으로 고현학은 고고학과 대조
되는 학문을 가리키는 신조어다.
현재의 모든 사회현상을 고찰하
여 조사·기록하는 학문이라는
뜻이다. 1930년대 소설가 박태
원이 일상생활의 풍속을 탐구하
는 자신의 창작 방법을 고현학이
라 내세우기도 했다. 구상은 "오

칼럼 고현잡화

늘날 이루고 있는 이 사회현상을 만백성이 공유공감하고 있
는 범상한 지각으로써 다시 한번 고찰하여 보자는 의도"[28]로
칼럼을 연재한다고 했다. 오늘 우리가 살고 있는 이 사회가 무
엇이며 어떻게 형성되어 가고 있는가를 고찰하자는 취지였다.
이러한 비판적 태도의 기술 방법 때문에 구상의 칼럼은 정부
당국의 압력을 받았고 비산동 숙소에 기관원을 자처하는 자

---

28 구상, 「고현잡화」, 『민주고발』, 홍성사, 2008, 11쪽.

가 권총을 쏘며 침입하는 사태까지 있었다. 구상은 테러의 위험을 피해 한동안 달성공원 하상부락으로 피신하기도 했다.

이때의 논설들을 모아 『민주고발』(1953)이라는 사회평론집을 냈다. 이 책은 1953년 6월 10일 자로 간행되었는데 판권지에 저자 구상의 연락처가 "대구시 비산동飛山洞 677번지 은보의원恩報醫院"으로 되어 있다. 은보의원은 부인이 진료하던 의원이 아닐까 짐작된다. 구상의 발문은 "임진년 국추菊秋", 즉 1952년 10월경에 쓴 것으로 기재되었고 설창수의 서문은 1952년 7월에 쓴 것으로 되어 있다. 구상은 서문에서 1951년 10월부터 1952년 8월까지 약 10개월간 집필한 사회 시평을 엮은 것이라 했다. 이 기간은 직선제 개헌안 발의로부터 발췌 개헌안 국회 통과까지의 가장 혼란스러운 시기다. 이 시기에 발표된 시평을 보면 구상의 현실 비판 의식이 얼마나 치열했는지 잘 알 수 있다. 다음 몇 구절을 인용하여 비판의 수위가 어느 지점에 이르렀는지를 살펴보겠다.

글쎄 헌법에 없는 것을 민주법치국가에서 아무리 대통령인들 어찌할 것인가.

병病은 이 대통령이 대對 국회서한에서 "민의는 헌법에 선행한다"는 초논리적인 국민주권론에서 발단된 것이다.

칼럼 민주고발과 이를 엮어 펴낸 단행본

그래서 맹목盲目한 정상배들은 말이 떨어지자마자 국민주권자강회國民主權自彊會라는 기괴한 간판마저 붙여 가며 국회의원소환, 무슨 투쟁 등으로 일부 국론을 말살하려 들고 있다.

심지어는 국회에 멀쩡한 의원을 두고도 보선 기세補選氣勢를 보이는 선거구가 있다 한다.

이러다간 만약 대통령 직선제가 안 된다면 국회에서 선출한 대통령과 국민이 선출한 대통령, 대통령 2위位가 출현될 우려가 있다고 식자 간의 실없는 소리가 돌고 있다.

소위 소환 의원을 장관으로까지 기용하고 있는 현명한 행정부는 이러한 무지의 민주불법을 "민중의 의사 반향"이라는 구실 아래 최대한 이용하여 그저 모르는 체다. 이것은 정치의 정도가 아니다.[29]

이 논설은 직선제 개헌을 앞두고 대통령이 앞장서서 개헌 운동을 하는 것을 비판한 내용이다. 이승만 대통령이 국회에 보낸 서한에서 "민의는 헌법에 선행한다."는 비논리적인 억설을 피력한 것이 문제의 발단이 되었음을 지적하고 있다. 도대체 대통령이 어떻게 민의를 미리 알고 국회를 좌지우지한단 말인가? 헌법을 넘어서는 민의란 존재할 수 없다는 것이 언론인 구상의 판단이다. 시국에 편승한 정상배들이 저마다 민의를 들고 나오는 판이니 이러다가는 대통령이 둘이 나올 수도 있다는 우려를 제기한다. 이것은 6·25 전시체제에서 정권의 뿌리를 흔드는 매우 극단적인 발언이다. 민의를 내세워 혼란을 자행하는 정부를 신랄하게 비판한 것이다.

---

29 「민주고발」, 위의 책, 18-19쪽.

물론 이러한 미국 기자가 트루먼 대통령에게 행동할 수 있는 친근성은 그 언어와 풍속에서 초래하였다고도 볼 수 있어 이런 것을 그대로 한국 기자들이 모방한다면 그야 방자에 떨어질 것이나 내가 이야기하고 싶은 것은 신문기자라면 마치 오뉴월 파리 떼를 대하듯 귀찮아하고 또 막연한 적개심을 갖는 우리의 고관대작들에게 한 번씩 보여 주고 싶은 풍경이다.

또 한편 생각하면 한국의 언론인들도 언론인들이다.

툭하면 '압력이 심해서 어디 바른 소리를 쓸 수 있느냐'는 것이 구실이요 '잡혀가면 어쩌나! 그 사람 뒤에는 모 당의 배경이 있으니까 그렇게 배짱으로 나가지' 하는 것이 핑계다.

나는 이제까지 공산당 아닌 대한민국의 언론인이 공론을 밝혀 유치장 신세가 되었다는 소식을 모르고 있으며 또한 일개 정당 배경이 전 국민의 배경보다 더 클 리 만무라고 확신하고 있다.

설령 백 보를 양보하여 천하를 誅하여 필화를 입었다손 직필을 생명으로 삼는 언론인으로선 敢不辭의 경우가 아니겠는가!

우리 현재 국가 원수인 이승만 박사도 필화로 옥중살이를 하지 않았는가!

붓에 순사할 수 있는 한국의 언론인만이 대한족大韓族의 정기와 공론을 수호해 가는 것이다.

모름지기 우리 언론인들은 하루 바삐 피해망상증과 협심증
에서 치유되어야 한다.[30]

「언론인의 협심증」이라는 제목의 이 논설은 언론의 태도를 비
판한 것이다. 혼란한 시국을 대하면서도 언론인들이 탄압을
받을까 겁부터 내고 공론을 밝히는 것을 꺼려하는 사실을 비
판했다. 붓에 순사할 수 있는 언론이 진정한 언론이라고 강조
하며 피해망상증과 협심증에서 벗어나서 보도할 내용을 제대
로 보도하자고 당부하고 있다. 언론인에 대한 정당성 추구의
바탕에는 "언론이 정치에 선행한다는 것은 민주주의의 기본
형태다."[31]라는 이념이 초석을 이루고 있다. 일제강점기에 일
본에 유학하여 대학 교육을 받고 해방 후 적치 1년 반 만에 공
산 탄압을 피해 북한을 탈출하여 남한에 정착한 지 몇 년밖에
안 되는 시점에 민주주의의 정수를 포착한 구상의 안목과 식
견은 경이로운 점이 있다. 민주주의의 기본 이념이라든가 적
용 사례를 체험할 시간이 거의 없었을 텐데 구상은 거의 천재
적 직관으로 민주주의가 무엇인지를 파악한 것이다.

---

30 「언론인의 협심증」, 위의 책, 43-44쪽.

31 위의 책, 41쪽.

이야기를 들은 공자는 제자들을 돌아보고,

"그대들은 명심하여 기억하라, 가정苛政은 맹호猛虎보다도 더 무서우니라."

라고 교훈하였던 것이다.

6·25 때 제일 우리 뼈와 간에 사무친 것은 적 치하 90일 동안, 공산정치의 폭압과 그 공포다.

가정의 공포란 호랑이는커녕 B29의 폭격보다도 더 무서웠던 것을 우리는 기억한다.

오늘 적침敵侵 2주년을 맞으며 우리는 공산 가정共産苛政에 다시 한번 몸서리치는 동시에 이 나라 이 땅에 민주 선정民主善政이 이루어지기를 희구하는 마음 너무나 간절하다.[32]

이 논설은 『예기』에 나오는 공자의 가정맹어호苛政猛於虎의 고사를 인용하여 한국의 '민주 선정'을 희구하는 마음을 드러낸 글이다. 6·25 2주년을 맞아 적치 90일 동안의 폭압 정치를 회상하며 그러한 공산당의 가혹한 정치가 호랑이보다 무서운 지경이었는데, 한국의 정치도 잘못되면 공산당의 폭압 정치나 다름없는 상태가 될지 모른다는 점을 경고하는 내용이다.

---

32 「승어호랑(勝於虎狼)」, 위의 책, 78-79쪽.

남한의 정치를 공산당의 정치와 비교했으니 현실 비판의 수위가 매우 높은 논설이라 할 수 있다. 구상 자신이 북한의 공산 폭정에 탄압을 당하고 남한에 내려온 사람인데 남한에서 다시 이러한 비민주적 폭거를 대하는 것은 참을 수 없는 일이다. 그래서 "북한에서 공산당 결정서를 받고 필화를 입었더니 이제 찾아온 내 조국이 이것이었나.", "공산당에게다 어머니를 굶어 죽이고 형님을 옥사시키고 이제 나의 운명 말로가 이렇게 벌어지나."[33]라는 탄식을 글에 담기도 했다.

이러한 비판적 논설로 가득한 책이 독재에 기울어져 가는 당시 상황에서 그대로 판매되기는 어려웠다. 당연히 판매 금지령이 내리고 책은 압수되었다. 그러나 언론인으로서 구상의 양심과 정의는 정치적 압력에도 퇴색하지 않았다. 이런 점 때문에 구상은 신문기자들에게 인기가 있었고 대구의 군부나 향토 명사들도 그를 존경했다. 고은은 그의 책에서 "그가 환도 후 서울로 떠날 때에는 대구역에 환송하러 나온 인파로 역 구내가 꽉 찰 정도였다."[34]라고 기술했다. 이것은 일반인들에게 구상이 어떤 존재였는지를 잘 알려 주는 사례다.

그는 나중에 『경향신문』 28주년을 기념하는 시에 언론으로

---

33 「정화여난(政禍餘難) – 설창수 형께 부치는 글발」, 위의 책, 114쪽.
34 고은, 『1950년대』, 향연, 2005, 327쪽.

서의 정도를 밝히는 내용을 담아 발표했다. 이것은 평생 지속
된 그의 언론인의 자세를 직설적으로 선언한 것이다.

한 방울의 이슬이 지각을 뚫어
샘으로 솟는
그 청렬淸冽한 정열로
펜을 들자.

밀림에다 불을 붙이고
원야原野를 갈아 새 밭을 일구는
그 푸른 꿈으로
펜을 들자.

천 척 탄갱 속을 뚫어 나가는
광부의 비지땀으로
펜을 들자.

심장수술에 임한 외과의 메스의
그 과학성과 조심스러움으로
펜을 들자.

태산 마루 백설같이 빛나는 이성으로

격전장 전초前哨 수색대의 기민으로

쇠굴레를 입으로 끊는 노예의

선택과 결단으로

시시포스의 좌절과 절망을 씹어가며

짓밟힌 어린 잡초에도 눈물짓는

사랑을 안고

백결百結의 가난한 회심會心 속에서

펜을 들자.

「펜의 명銘 1」 전문

기자의 무기는 칼이 아니라 펜이니 펜으로 새기는 다짐이라
는 뜻으로 제목을 '펜의 명銘'이라고 했다. 여기 열거된 언론
인의 속성은 청렬한 정열, 개척의 꿈, 강건한 의지, 과학적 신
중함, 이성과 기민과 결단, 사랑과 회심 등이다. 모두 다 실천
해야 할 좋은 덕목이지만, 그중 청렬한 정열, 꿈과 의지, 가난
한 회심 등의 어구가 구상의 이념을 잘 드러낸다. 정열은 정열
이되 맑은 도덕성과 서늘한 이성에 바탕을 둔 정열, 밀림을 개

척하여 새 밭을 일구겠다는 꿈과 천 길 탄갱을 뚫겠다는 의지, 그리고 무엇보다도 백결 선생처럼 가난에 개의하지 않고 오롯이 자신의 일에 전념하는 마음을 내세웠다. 이것이 젊은 시절의 언론인 구상이 추구하고 견지하려 했던 덕목임을 알 수 있다.

6·25 전쟁과 구상의 인간주의

구상은 국방부 정보국과 정훈국 소속의 문관으로, 다른 한편
으로는 종군작가단의 일원으로 전쟁에 참여했다. 수복한 서울
에서 선무 활동을 했고 피난지 대구에서 종군작가 겸 언론인
으로 활동했다. 전쟁은 누구에게나 폭력과 광기의 상처를 남
기는 법인데, 함경남도 원산에 가족과 삶의 터전을 두고 내려
온 월남 실향민으로서 구상이 겪은 전쟁은 회복하기 어려운
상처와 고통의 기록으로 각인되었다.

6·25를 일반적인 자료로 말하면, 1950년 6월 25일에 시작
되어 1953년 7월 27일 휴전에 이르기까지 한반도 전역에서
일어난 전쟁으로, 처음에는 민족 전쟁으로 시작했지만 국제적
대리전으로 확대되었으며, 인명 피해 200만 명 이상, 이산가

족 1,000만 명, 전비 150억 이상, 국민총생산 15% 감소 등의 자료로 요약된다. 그러나 전쟁을 겪은 한국인들에게 이 전쟁은 숫자로는 도저히 환산할 수 없는, 다시 떠올리기조차 싫은, 참으로 참혹하고 끔찍한 동족 간의 보복전으로 봉인되었다.

6·25가 일어나자 소수의 사람들이 한강을 건너 남하하고 다수의 시민들이 서울에 잔류하여 적치敵治 3개월의 쓰라린 시간을 보냈다. 대전을 거쳐 대구에 합류한 문인들은 종군작가단에 가담하여 전쟁 상황에 대처했다. 9월 15일 인천상륙작전이 성공하여 28일에 서울이 완전 탈환되었다. 그러나 오래지 않아 10월 25일 중공군이 개입하고 12월 4일부터 국군은 평양에서 철수하기 시작했다. 12월 24일 흥남철수와 함께 서울 시민 대피령이 내렸다. 1951년 중공군 6개 사단이 38선을 넘자 정부는 다시 부산으로 수도를 옮겼으며 1월 4일 서울이 다시 북한군에게 점령되었다. 이때까지 서울 시민 약 30만 명이 남쪽으로 피난을 갔다. 1월 27일 국군이 다시 전면전을 펼쳐 서울을 재탈환한 것이 3월 14일이다. 그로부터 4개월 후인 7월 10일부터 휴전 회담을 시작하여 1953년 7월 27일 휴전협정이 조인되고 8월 15일 광복절을 기해 정부는 서울로 환도했다. 이런 시간적 과정을 보면 전쟁이 전면적으로 전개된 기간은 1950년 6월 25일부터 1951년 7월 휴전 회담이 시작된 때

한국전쟁 당시 부관학교에서

까지 일 년 동안이라고 볼 수 있다. 일 년의 전쟁 기간에 비하면 인명 피해가 너무 컸고 전비 손실도 막대했다. 인민 해방이라는 이념을 앞세운 동족 간의 전쟁이었기에 상호 보복에 의한 인명 살상이 많았던 것이다.

시인 구상에게 이 전쟁은 고향으로의 복귀와 그 좌절이라는 희망과 절망의 이중적 의미를 지닌다. 전쟁 이전부터 북한 공산 집단에 대한 적개심으로 국방부의 선무 공작에 참여했고 인천상륙작전 당시 선발대로 서울에 진입하여 북진 통일의 꿈을 가졌던 구상으로서는 휴전과 분단이 너무나 비통한 일이었을 것이다. 전쟁을 통해서 남과 북의 단절이 더욱 강고

해진 것도 견디기 어려운 일이었다.

그래서 언론인으로서 구상은 휴전 협상의 진행에 대해 계속 부정적인 논설을 썼다. 그것은 강대국들의 국제 관계에 의해 민족의 분단이 고착되는 것을 막아 보려는 필사의 노력이었다. 뚜렷한 자신의 이념과 부단한 실천 과정이 있었기 때문에 어떠한 상황에서도 우리의 운명은 우리가 책임져야 하며 설사 우리가 불의에 핍박당해 불행한 상황에 빠진다 해도 그 책임은 세계 인류의 지성이 공동으로 감당해야 한다는 강경한 발언이 거침없이 나올 수 있었다. 이 주제에 관한 그의 논설은 논지가 선명하고 논조가 강경했다.

그야 현대전이 총소리가 멈췄다 해서 전쟁이 끝날 것도 아니요, 선전포고도 강화講和도 없을 이 전쟁이 판문점에서 해결을 지우리라고 믿는 그렇게 어리석은 우리는 아니다.

그러나 이 삼천만 가슴속에 휘이지 못하는, 민족생리 속에 꿈틀거리는 자연율이 어찌 일시적이나마 한 개 당위성 밑에 굴복당하며 유린蹂躪될 것인가.

UN 측이 주인은 제쳐 놓고 객이 인심을 막 쓰는 격으로 양보에 우又 양보로 정전停戰을 성립시킨다 해도 벙어리 냉가슴 앓는 우리가 될지 모른다.

(중략)

걸핏하면 오늘의 민주 세계는 인류 다대수를 참극에서 구출키 위하여 공산주의와 타협도 하고 유화도 한다고 쳐든다.

그러나 '인류의 다수' 속에는 자유를 향유하는 우리보다 저 북한애국동포 일천만이 먼저 들어야 한다.

중국의 4억 자유인민이 들어야 한다.

소련 및 그 위성국의 자유의 실고失苦 중에 있는 3억이 먼저 들어야 한다.

나는 폐허가 된 서울을 1년 2개월 만에 찾아가며 열차 속에서 생각한다.

우리는 이미 쓰러져도 생각하는 갈대라고—.[35]

전쟁이 소강상태에 빠져 총소리가 일시적으로 멈추었다고 해서 민족의 문제가 해결된 것이 아니며 유엔 측이 주인을 제쳐놓고 인심 쓰는 식으로 휴전 협상을 진행하는 것도 받아들일 수 없다는 태도다. 신문사 논설위원으로 활동한 그이기에 시야는 넓고 사유는 활달하다. 그는 휴전과 분단의 문제를 넓은 시야로 확대하여 사유하고 있다. 북한의 애국 동포 일천만 명,

---

35　구상,「인류의 맹점에서」,『민주고발』, 56-57쪽.

중국의 자유 인민 4억 명, 소련 및 그 위성국에서 압제받고 있는 3억 명을 함께 고려해야 진정한 해결의 길이 열린다고 하는 세계사적 시야를 확보하고 있는 것이다.

그는 「판문점 협상에 보내는 시인의 취담醉談」이라는 부제가 붙은 두 편의 글에서 휴전 협상에 대한 반대 의사를 풍자적으로 표현하기도 했다. '시인의 취담'이라고 칭한 것은 객관적 의견을 제시하는 언론인이 아니라 감정 표현에 치중하는 시인이라는 점을 내세워 통치권의 비판을 피해 가려는 전략으로 보인다. 언론인의 취담이라면 어색하지만 시인의 취담은 어울리기 때문이다.

판문점 협상을 주도하는 미국의 트루먼 대통령을 향해 봉이 김선달의 설화를 끌어와 트루먼의 행동이 봉이 김선달의 소행과 다르지 않다는 풍자적 발언을 했다. 당시 자유 진영의 최고 우방에 해당하는 미국의 대통령을 향해 풍자의 언술을 날린 것이다. 한국은 두 동강이 나든 말든 전쟁만 끝나면 된다는 자기중심적 발언의 모순을 비판했다.[36] 다음에는 유엔의 협상 태도가 휴전을 위해서라면 작은 일은 대충 양보해 가고 있다고 그 위험성을 경고했다. 미련한 곰이 다리를 내밀고 자다

---

36 「자유의 꽁추」, 위의 책, 52쪽.

가 다리를 하나씩 잘려 결국 몸통을 잃게 되는 이야기를 끌어와 작은 일을 하나하나 양보하다가 종국에는 한국이라는 몸통을 잃을 위기에 처할지 모른다고 경고하였다.[37]

어떠한 논설에서도 논의의 중심에는 한국의 주체적 존립이 놓여 있었고 그 중심에는 다시 인간의 존엄성이 자리 잡고 있었다. 전쟁을 전후로 한 그의 현실 체험은 언론으로서 그의 시야를 넓혀 주었을 뿐만 아니라 시인으로서 그의 시 창작의 지평을 한 단계 높여 주는 역할을 했다. 해방 전후에 그가 쓴 것으로 보이는 『응향』 소재 작품 「여명도 1」은 부정적 자의식과 허무주의가 짙게 깔려 있는 개인적 독백 중심의 작품이다. 그러나 전쟁 이후에 그가 발표한 일련의 연작 작품은 개인의 차원을 벗어나 인간 전체를 바라보는 시야가 확보되어 있다. 인간을 중심에 두고 인간의 진실을 추구하는 인간주의적 전망을 그는 오히려 전쟁의 참화 속에서 새롭게 발견하고 그것을 자신의 세계관으로 정립했다. 인간이 유린되고 인간의 가치가 묵살되는 인간 살육의 현장에서 역설적으로 인간에 대한 사랑이 개화한 것이다.

그는 전쟁의 참화 속에서 인간주의적 전망을 앞장서서 행

---

37 「곰의 다리」, 위의 책, 54쪽.

동으로 실천했다. 사람을 죽이는 일이 아니라 사람을 살리는 일에 앞장선 것이다. 서정주는 서울을 탈출하고 대구에서 종군작가단에 가담하여 김천 전투에 다녀온 후 정신이상을 일으켰다. 구상은 육군에 손을 써서 서정주를 육군병원으로 접수된 대구 동산병원에 무료로 입원시켰다. 아편에 중독된 소설가 최태응도 성모병원에 입원시켜 한 달 만에 치유케 했다. 구상의 도움으로 병원에 입원했다가 부산으로 옮겨 가 유치환 집에서 요양했던 서정주의 다음과 같은 일화도 구상의 휴머니즘을 잘 알려 주는 사례다.

그 하나는 구상한테 들은 일인데, 이 일만은 더욱 안 잊혀진다.

구상은 이때엔 군 특무대의 문관으로 일하고 있으면서도 반나마 우리와 같이 지내다시피 하고 있었는데, 하루 저녁때는 이마에 유난히 땀이 많이 배어나고, 숨이 차 가지고 우리가 있는 합숙소의 방으로 들어왔다. "나 오늘은 많이 흥분했쉐다." 해서 "뭔데?" 하고 내가 바짝 옆으로 가서 물으니 "사람을 하나 가까스로 구해 내고 오느라 진땀 뺐지." 했다.

그의 이야기를 들으면, 사변 전의 지도연맹들의 일부라든가, 과거에 좌익에 관계했던 사람들로 뉘우친다는 의사는 표시했지만 아직도 이 사변에 위험시되는 인물들, 그들을 뽑아 싣고 총살하러 가다가 잠시 멎은 트럭을 길 위에서 우연히 만났는데, 그 트럭 위에서 누가 듣기에 안쓰러워 못 견딜 큰 소리로 '구 선생님! 구 선생님! 구 선생님!' 연달아 불러 대더라는 것이다.

그래, 그 소리의 임자를 찾아 얼굴을 알아보니, 그 청년은 구상과는 알 만큼은 아는 사람으로 어쩌다가 좌익 위험 분자로까지 보이게 되었는지는 모르지만, 구상 그가 알기에는 그런 위험 인물은 아니더라는 것이다. 그래, 그 사람 하나를 거기서 빼내느라고 그렇게 진땀을 뺐다는 것이다.[38]

앞에서 1·4 후퇴 때 구상이 국방부의 기관지 『승리일보』 신분증을 문인들에게 발급하여 안전하게 남행할 수 있도록 도왔다는 애기를 했다. 이것은 군의 퇴각 중 갑작스러운 불심검문에 걸려 무고한 문인이 불행한 일을 당하지 않도록 예비적인 조치를 한 것이다. 특히 북쪽에서 월남한 사람의 경우 말투 때문에 간첩으로 의심을 살 수 있는데 군 관련 신분증이 있으면 신분이 보장되었던 것이다. 구상의 배려로 평양에서 내려온 김이석, 양명문, 작곡가 김동진 등이 혜택을 입었다. 미군이 운전하는 차에 타고 후퇴하다가 여자 두 명을 태웠는데 미

---

38 서정주, 『미당 자서전 2』, 민음사, 1994, 245-246쪽.

군이 그 여자들을 못 내리게 하자 카빈총을 겨누고 여자들을 구출하여 한강 빙판을 함께 걸어서 영등포까지 안전하게 호송하기도 했다.[39] 이처럼 구상은 전쟁의 소용돌이 속에서 자신이 할 수 있는 일이면 무엇이든 최선을 다해 사람을 살리는 일에 전념했다. 사람을 살리는 일에 관한 한 자신의 죽음도 두려워하지 않았다. 그런 점에서 그는 늘 당당할 수 있었다. 훗날 등가량의 진실을 이야기하고 가톨릭 신앙인의 정의와 진실을 말할 수 있었던 내적 자신감은 바로 여기서 기원한 것이다.

---

39 고은, 『1950년대』, 향연, 2005, 192쪽 참조.

10

인간주의적 전망의 시적 형상화

북의 핍박을 피해 남쪽으로 넘어온 구상은 6·25 전쟁에 정식으로 종군하여 2년을 전쟁 현장에서 보냈다. 인간 본능의 밑바닥까지 목격한 그의 전쟁 체험은 단순한 월남 실향민의 시선을 넘어서서 더 깊은 차원에서 인간의 삶을 조망할 수 있는 기회를 마련해 주었다. 구상 자신이 첫 시집 『구상』(1951)보다 전쟁 체험이 담긴 『초토의 시』(1956)를 귀하게 여긴 이유가 여기에 있다. '초토焦土'란 "불에 타서 검게 그을린 땅"을 뜻하는데, 6·25 전쟁으로 인한 민족의 참극과 그 과정에서 일어난 부조리하고 암울한 정황을 '초토'라는 말로 나타낸 것이다. 그는 초토의 비극성에 머물지 않고 거기서 새로운 휴머니즘의 기틀을 발견했다. 전쟁의 참화 속에서 그는 인간에 절망하면서 동시에 인간을 더 사랑하게 되는 독특한 심리적 변화를 체험했고 그것을 자신의 사상적 토대로 삼았다.

이러한 인간주의적 전망의 단초를 보여 주는 시가 「초토의 시 1」이다. 구상은 「초토의 시」 연작을 원래 「폐허에서」라는 제목으로 발표했다. 지금의 「초토의 시 1」에 해당하는 「폐허에서」 첫 작품은 공군본부 정훈감실에서 간행한 『코메트』 제3호(1953.2.)에 발표되었다. 『코메트』는 공군종군문인단 작가의 작품이 주로 발표되었으나 일반 문인의 작품도 많이 실렸다. 김종삼의 「전봉래에게 – G 마이나」도 『코메트』 10호(1954.6.)에 발표되었다.

구상은 1975년 『구상문학선』을 편찬할 때 초기 시집에 실렸던 작품을 일부 수정하여 수록했다. 1986년에 낸 『구상 시전집』에는 『구상문학선』의 형태가 대부분 그대로 수용되었다. 그러나 6·25 당시의 분위기와 당시의 현장감을 이해하기 위해서는 『초토의 시』(청구출판사, 1956.11.)에 실린 형태로 읽는 것이 도움이 된다. 원본대로 인용하고 해설해 보겠다. 우선 두 편 수록 시의 차이를 검토해 보겠다.

하꼬방 유리딱지에 애새끼들
얼굴이 불타는 해바라기마냥 걸려 있다.

내려 쪼이던 햇발이 눈부시어 돌아선다.

나도 돌아선다.

울상이 된 그림자 나의 뒤를 따른다.

어느 접어든 골목에서 걸음을 멈춰라.

잿더미가 소복한 울타리에

개나리가 망울졌다.

저기 언덕을 내려 달리는

체니(소녀)의 미소엔 앞니가 빠져

죄 하나도 없다.

나는 술 취한 듯 흥그러워진다.

그림자 웃으며 앞장을 선다.

「초토의 시 1」(『초토의 시』) 전문

이 작품이 『구상 시 전집』(서문당, 1986.11.)에는 다음과 같은 형태로 개작되어 있다.

판잣집 유리딱지에
아이들 얼굴이
불타는 해바라기마냥 걸려 있다.

내려 쪼이던 햇발이 눈부시어 돌아선다.
나도 돌아선다.
울상이 된 그림자 나의 뒤를 따른다.

어느 접어든 골목에서 걸음을 멈춘다.
잿더미가 소복한 울타리에
개나리가 망울졌다.

저기 언덕을 내려 달리는
소녀의 미소엔 앞니가 빠져
죄 하나도 없다.

나는 술 취한 듯 홍그러워진다.
그림자 웃으며 앞장을 선다.

「초토의 시 1」(『구상 시 전집』) 전문

개작된 작품은 첫 발표작의 여섯 연을 다섯 연으로 재구성했
는데, 2연과 3연에서 행 구분이 정리되면서 시상 전개가 합리
적인 방향으로 조정되었다. 그러나 첫 발표작의 시상 전개도
그 나름의 논리가 있으며 특히 1연은 초토의 현실이 환기하는
사실적 현장감을 당대의 언어로 실감나게 드러낸다.

첫 발표작을 중심으로 구상이 전쟁의 폐허 속에서 인간을
어떻게 바라보고 있는지 분석해 보기로 하겠다. 1연의 '하꼬
방'은 일본어 하꼬(상자)와 한자어 방房의 합성어로, 판자로 벽
을 만들어 바람만 겨우 막아 주는 허름한 방을 뜻한다. 한국
전쟁 직후 암울한 현실을 대변하는 단어가 바로 '하꼬방'이다.
시인은 첫 행부터 '하꼬방'이라는 구어를 단적으로 제시함으
로써 전쟁으로 일그러진 삶의 현장을 선명하게 드러내고자
한 것이다.

그 허름한 집은 깨어진 유리 조각을 종이로 덧대어 붙여 놓
았다. 그 '유리딱지'에 '애새끼들'이 보인다. 여기서도 '아이들'
이라고 하는 것보다 '애새끼들'이라고 하는 것이 당시의 상황
을 더 잘 드러낸다. 전쟁으로 먹고살 것도 없는 처지에 철없는
어린애들은 먹을 것을 달라고 늘 보챘다. 그들은 보호받을 '아
이들'이 아니라 버림받은 '애새끼들'이었다. 그러니까 "하꼬방
유리딱지에 애새끼들"이라는 첫 행은 전후 폐허의 실상을 당

시의 구어를 활용하여 사실적으로 제시한 것이다. 그 시행 자체가 가난과 비참과 절망의 현실을 압축적으로 환기한다.

이 절망의 표상이 다음 행에서 '불타는 해바라기'로 바뀌는데 이 시의 묘미가 있다. 하꼬방 유리딱지에 걸린 애새끼들의 얼굴을 시인은 '불타는 해바라기'로 변형시켰다. 가난과 비참과 절망의 표상을 태양을 바라보는 불타는 해바라기로 변형시킨 시인은 구상 이전에 없었고 구상 이후에 없었다. 구상의 독창성이 발휘되는 대목이다. 전쟁의 참상이 그의 내면에 숨어 있던 시인적 재능을 폭발시킨 것이다.

불타는 해바라기의 모습에 햇발도 눈부시어 돌아선다고 했다. 이 장면은 이중적이다. 궁핍과 비참이 얼룩진 배경, 그 안에 드러난 아이들 얼굴이 해바라기처럼 환할 수는 없다. 그러면 무엇이 그들을 해바라기로 보게 한 것인가? 그들의 천진함이다. 전쟁의 참화 속에서도 아이들은 물정 모르고 천진한 표정을 짓는다. 그들은 삶의 곤궁함과 전쟁의 참혹함을 아직 모른다. 삶의 끔찍함을 모르는 그들의 천진함이 시인의 가슴을 저리게 한 것이다. 그 순진무구함이 가슴을 때린 것이다. 앞으로 어떤 시련이 더 있을지도 모르는데 그들은 해바라기처럼 철없이 웃고 있다. 시인은 마음이 아파 그들을 제대로 바라볼 수 없다. 그래서 내려 쪼이던 햇발도 고개를 돌리고 자신도 고개를 돌려 돌아선다고 했다.

시인은 처음부터 희망의 빛을 예견하고 해바라기라고 표현한 것이 아니다. 그들의 철없는 순진무구함을 일차적으로 해바라기라고 표현하고 이 험악한 현실 속에 그들의 삶이 해바라기처럼 환하게 펼쳐질 수 없을 것이라는 생각에 마음이 아파 온 것이다. 그러니 자신의 그림자가 울상을 지을 수밖에 없다. 어린애들의 천진한 표정으로 해결될 수 있는 것은 아무것도 없다. 현실은 완강한 철벽인 것이다.

그렇게 슬픔의 퇴로를 걷다가 어느 골목에서 걸음을 멈춘다고 했다. 여기서 전환이 오기 때문에 "멈춰라"라고 명령의 어투를 동원했다. 개작에서 이 부분이 수정된 것은 안타까운 일이다. 어느 골목에서 시인이 본 것은 무엇인가? 잿더미가 소복하게 쌓인 울타리에 개나리 망울이 부풀어 있는 모습이다. 겨울이 가고 봄이 오는 것이 자연의 순리인데 이것을 시인은 미처 생각하지 못했다. 인간 세상의 일도 마찬가지다. 삶의 겨울이 지나면 봄이 오기 마련이다. 전쟁의 잿더미 위에도 봄이 오고 꽃이 피는 것이 세상사의 순리다. 겨울만 지속되는 세상은 인류 역사에 있은 적이 없다.

여기서 시인은 인간의 성장을 보고 세상의 전환을 자각한다. 불타는 해바라기가 환상이 아니라 실제로 체감될 수 있다는 희망을 갖는다. 한 소녀가 환하게 웃으며 언덕을 내리 달리고 있다. 젖니가 빠졌는지 앞니가 빠진 모습인데도 조금도 개의치 않고 웃고 있다. 그 앞니 빠진 소녀의 미소에는 인간의 죄악이라든가 전쟁의 참상은 그림자도 비치지 않는다. 순진무구 그 자체다. 전쟁의 참혹 속에서 순진무구함을 보는 것이 처음에는 슬펐지만 다음 장면에서는 그 순진무구함이 겨울을 넘어서는 봄의 동력이 된다는 사실을 발견한 것이다. 잿더미 위에 피어나는 개나리 망울, 그것이 소녀의 미소요 유리딱지 위의 아이들 얼굴이었던 것이다.

이제 시인은 세상의 이치를 깨달았다. 그래서 마음이 술 취한 듯 흥그러워지고 발걸음에 힘이 솟는다. '울상이 된 그림자'는 '웃으며 앞장을 서는 그림자'로 바뀐다. 어디로 앞장을 선단 말인가? 개나리 망울 돋아나는 봄의 세계로, 환하게 불타는 해바라기의 세계로 앞장을 선다는 뜻이다. 언덕을 내리 달리는 소녀의 뜀박질보다 더 빨리 희망의 앞날을 향해 앞장을 선다는 뜻이다. 전쟁의 참화 속에서 이러한 깨달음을 얻고 그것을 시로 표현했다. 참으로 감동적인 작품이다.

시인은 감동을 극도로 절제하고 지극히 담담한 어법을 취했다. 시인의 생생한 체험이 반영되었기에 이처럼 담담한 어법이 가능했을 것이다. 그러한 어법을 감당할 만한 정신의 힘이 시인에게 내재되어 있었다. 폐결핵에 시달리는 병약한 몸이지만 구상에게는 겨울을 봄으로 전환시키는 정신의 힘이 있었다. '하꼬방 유리딱지 애새끼들'을 '불타는 해바라기'로 소리 없이 변신시키는 정신의 절도가 있었다. 사람을 살리기 위해 목숨을 걸고 백방으로 노력한 그의 진심이 동력으로 작용했다. 전쟁의 참화 속에서 그는 인간에 절망하면서 동시에 인간을 더 사랑하게 되는 독특한 심리적 지평을 획득한 것이다.

「초토의 시 2」는 기차 안에서 목격한 '흑백의 모자상母子像'에 대한 이야기다.

제 먹탕으로 깜장칠한 문어 한 마리를 무릎에 싸안고서 어르고 있는 광경이라면 모두 웃음보를 터치리라.

그러나 앞자리에 마주 자리 잡은 나의 표정은 굳어만 갔다.

"정식아! 볼지 마아, 빠빠에게 가면 까까 많이 사 줄게."

이건 또 너무나도 창백한 아낙네가 정식이라고 이름 붙인 검둥애에게 거의 애소에 가까운 달램이었다.

자정도 넘은 밤차, 희미한 등불 아래 손들의 피곤한 시선은 결코 유쾌한 눈짓이 아니었고 칭얼만 대는 검둥애의 대가리와 울상이 된 그 엄마의 하이얀 이마 위 땀방울이 유난히 빛나고 있었다.

나는 이 뒤틀어대는 흑백의 모자상母子像을 보다 못해 호주머니를 뒤져 전송 나왔던 친구가 취기 반으로 사 주던 '해태 캬라멜'을 꺼내 까서 녀석에게 넌지시 권해 본다.

(중략)

이러한 사이에 어처구니없는 풍경이 되어 버렸다. 뜻하지 않은 나의 구조救助를 넋없이 바라보던 아낙네가 신명의 고달픔이 차고 말았던지 사르르 잠들어 버리고 그렇게 날치던 애새끼 역시도 이제는 어지간히 흡족했던지 내 품에서 쌕쌕 코를 고는 것이 아닌가.

꼼짝없이 검둥이 애비 꼴이 된 나는 헤아릴 수 없는 심정 속에서 그 채로 눈을 감고 만다.

나의 머리에는 이 녀석의 출생의 비밀이 되었을 지폐 몇 장이 떠오른다.

이 검둥이의 애비가 쓰러져 숨졌을 우리의 어느 산비탈과 어쩌면 그가 살아 자랑스레 차고 갔을 훈장을 생각해 본다.

저 아낙네의 지쳐 내던져진 얼굴에서 오늘의 우리를 느낀다.

숨결마저 고와진 이 무죄하고 어린 생명을 안고서 그와 인류의 덧없는 운명에 진저리친다.

차는 그대로 밤을 쏜살같이 뚫어 달리고 손들은 모두 지쳐 곤드라졌는데 이제는 그만 내가 흑백의 부자상父子像이 되어 이마에 땀방울을 짓는다.

「초토의 시 2」부분

자정 넘은 밤차에서 흑인 혼혈아를 안은 아낙네를 보았다. 아이가 칭얼대기에 시인이 먹을 것을 주어 달랬고 그러는 사이에 아낙네는 지쳐 잠이 들었다. 아이를 시인이 안고 있으니 남들이 보기에 '흑백의 부자상'이 된 것이다. 시인은 잠시 이 아낙네의 사연을 상상해 본다. 시에 언급된 "지폐 몇 장"이라는 말, 흑인 병사의 삶과 죽음에 대한 상상은 당시 얼마든지 일어날 수 있는 상황을 압축적으로 재구성한 것이다. 구상이 전쟁 현장에 있었기에 이런 압축적 구성이 가능했을 것이다.

위에 밑줄로 강조한 대목은 시인 구상이 아니면 구사하기 힘든 구절이다. 팔자에 없이 흑인 아이를 낳아 남의 눈총을 받으며 기르는 여인, 아이를 어르다 지쳐 잠든 이 여인의 얼굴이 바로 우리의 얼굴이라는 것이다. 그 여인과 우리가 동격이기에 그 여인을 지탄하거나 비하할 자격이 우리에게 없다. 우리의 분신이기에 그 여인을 우리가 감싸고 돌보아야 한다. 시인은 이것을 말로만 내세우지 않고 행동으로 보여 주었다. 이것이 그가 행동과 실천으로 터득한 인간주의다.

시인은 더 나아가 인류의 운명을 생각한다. 당시의 정황으로 볼 때 시인의 품에 안긴 이 아이는 순탄하지 못한 삶을 살아갈 것이다. 그러나 구상은 전쟁을 통해 인간 삶의 비극성을 깊이 체험했다. 인간은 슬픈 운명을 짊어진 채 시시포스Sisyphos처럼[40] 하루하루를 버틸 수밖에 없는 존재라는 것을 전쟁의 소용돌이 속에 저절로 깨달았다. 비극적 운명의 공유자라는 생각이 들자 시인은 그 아이가 자신의 아이라는 생각마저 드는 것이다. 마지막 장면의 "내가 흑백의 부자상父子像이 되어 이마에 땀방울을 짓는다."라는 대목은 자신의 어색한 처지를 드러내는 동시에 실제로 이 아이의 아비가 될 수도 있겠다는 공감의 연대감을 암시하고 있다.

시인은 이처럼 6·25 전쟁의 참상 속에서도 인간에 대한 연민과 애정을 가지고 상황을 수용하고 있는데 이것이 연작시 『초토의 시』의 전반적 주제를 형성한다. 요컨대 구상은 6·25를 겪으면서 인간에 대한 환멸을 느낀 것이 아니라 인간에 대한 연민을 느끼면서 인간을 더 깊이 성찰하고 사랑하는 태도를 갖게 되었다. 그리고 인간 성찰과 그 표현에 시가 중요한 역할을 한다는 사실도 분명히 자각하게 된 것이다.

다음은 「초토의 시 3」이다. 『구상 시 전집』에는 「초토의 시

---

40 시시포스는 첫 시집 『구상』에 수록된 「유언」에 '시시후'라는 명칭으로 등장한다. 그가 일찍이 실존주의 철학에 접촉했음을 알려 준다.

4」로 수록되었고 『신천지』(1954.3.)에 「폐허에서 3」이라는 제목
으로 발표되었다. 내용이 거의 달라지지 않았으므로 『구상 시
전집』에 수록된 「초토의 시 4」를 인용한다.

　　대낮부터 한잔들 어울려 곤드레가 된 프로페서 H군의 뒤범
벅인 이야기가
　　― 인류는 이미 자멸의 공포와 절망 속에 떨고 있다.
　　이쯤 나오자 일행, S기자와 나는 그를 부축해 어깨동무하고
나선다.
　　뒤이어 한 목로에서 연방 들이마시던 막벌이꾼패도 같은 행
길 위에 갈지자(之字)를 놓는다.

　　서산에는 아직도 태양이 빨가장이 타고 있는데
　　이 눈물 나는 족속들은 땅으로 땅으로 떨어져만 가는 고개를
뒤틀어 제껴 보았댔자

　　머리로 가슴속으로 스미어 드는 짙은 어둠은
　　마치 먹 풀은 하늘 울타리에 호박뎅이가 걸린 양만 보여 웬수
로구나.

인류는 요 모양으로 우주보다 먼저 밤을 장만하는지야.

「초토의 시 4」 전문

한국전쟁 직후 어느 주점에서 지식인 몇 명이 모여 대낮부터 술판을 벌였다. 만취한 교수는 비탄에 잠겨 인류는 이미 자멸의 길을 걷고 있다고 자포자기적 발언을 한다. 일행들은 만취한 그를 이끌고 주점을 나온다. 길을 나서자 어느 목로주점에서 연방 술을 들이키던 막벌이꾼패도 만취한 상태로 길바닥에 갈지자로 드러눕는다. 이렇게 대낮부터 술에 취해 추태를 부리는 것은 정상적인 정신으로 현실을 견디기가 어렵기 때문이다. 술에 의지하여 절망적 현실에서 도피하려 하는 것이다. 지식인도 그러한데 막노동으로 살아가는 사람들은 더 말할 나위가 없다. 앞날의 희망을 잃은 인간 군상은 자멸의 절망에 몸부림칠 뿐이다.

그들은 하늘을 쳐다볼 용기가 없다. 머리와 가슴에 어둠이 가득 차 있기 때문에 하늘을 올려다보아야 검은 울타리에 호박덩이 하나가 걸린 것 같은 음침한 모습으로 비친다. 푸르러야 할 하늘이 검게 보이니 오히려 절망을 부추기는 원수처럼 여겨진다. 전쟁의 참상과 전후의 폐허에 절망한 인간 군상은 우주의 종말을 예감하고 자학의 몸부림을 보인다. 구상은 전후의 참상에서 희망을 찾으려 노력하면서도 주변 사람들의 고뇌를 접하면 그들의 괴로움에 동참하고 아픔을 이해하려는 자세를 취했다.

구상이 판문점에서 진행되는 휴전 협상이 강대국들의 이해 관계에 따라 전개되기 때문에 비판적인 태도를 취했음은 앞에서 언급했다. 그가 지속적으로 유엔과 미국 주도의 휴전 협상을 비판했지만 결국 1953년 7월 27일 휴전협정이 체결되었다. 그때 구상은 자신의 비통한 심정을 다음과 같이 표현했다. 『초토의 시』에는 조금 다른 형식으로 「초토의 시 15」로 수록되었는데 시인의 의도가 개입된 개작이므로 『구상 시 전집』 본을 인용한다.

조국아, 심청이 마냥 불쌍하기만 한 너로구나.
시인이 너의 이름을 부를 양이면 목이 멘다.

저기 모두 세기의 백정들,
도마 위에 오른 고기모양 너를 난도질하려는데
하늘은 왜 이다지도 무심만 하다더냐.

조국아, 거리엔 희망도 절망도 못하는

백성들이 나날이 환장해만 가고

너의 원수와 그 원수를 기르는 벗들은

너를 또다시 두 동강을 내려는데

너는 오직 생각하며 쓰러져 가는 갈대더냐,

원혼의 나라 조국아,

너를 이제까지 지켜 온 것은 비명非命뿐이었지,

여기 또다시 너의 마지막 맥박인 듯

어리고 할벗은 형제들만이

북北으로 발을 구르는데

먼저 간 넋을 풀어줄 노래 하나 없구나.

조국아, 심청이마냥 불쌍하기만 한

조국아!

「초토의 시 10」 전문

시인은 휴전으로 분단이 고착되는 조국을 심청이에 비유했다. 아버지의 눈을 뜨게 하려고 자기 몸을 희생 제물로 바친 심청 이처럼 국가도 전쟁을 끝내기 위해 국토를 남북으로 두 동강 내는 희생을 치르게 된 것이다. 국제 정세의 이해관계에 따라 휴전 협상을 주도한 강대국들을 "세기의 백정들"이라고 무섭게 비판했으며, 조국 한반도의 가련한 처지를 "도마 위에 오른 고기"로 비유했다. 눈앞의 편익에 가려 휴전 협상을 방조한 세력을 "원수를 기르는 벗들"이라고 언급한 데서 당시의 집권층과 기득권층을 함께 비판하고 있음을 알 수 있다. 다수의 국민들이 무엇이 옳은지 판단하지 못하는 상황에서 그들이 침묵의 동조를 했다고 본 것이다.

시인은 조국을 "원혼의 나라"라고 지칭한다. 유사 이래 내우외환에 시달렸고 35년간 식민 지배도 받은 조국이 해방되자마자 국토가 분단되고 동족끼리 전쟁을 벌였으니 원혼의 나라라 할 만하다. 시인의 표현대로 제명대로 살지 못하고 죽는 비명非命의 운명이 나라를 흔들고 있는 것이다. 구상은 북에 형과 어머니를 두고 내려온 월남 실향민이요 전쟁 난민이다. 이제 휴전선이 군사분계선으로 고착되어 북쪽 고향으로 갈 길을 잃은 월남 난민들은 발을 구르고 괴로워한다. 그들의 비통과 한탄을 달래 줄 사람은 아무도 없다. 시인 구상은 그들을 대변하고 또 남북의 많은 국민들을 대신하여 휴전의 부당성과 비극성을 과감히 드러낸 것이다.

전쟁이 끝난 후 파괴된 국토를 복구하는 재건 사업이 펼쳐졌다. 전후 복구와 국토 재건의 구호가 전쟁의 폐허 위에 울려 퍼졌다. 전쟁의 후유증을 치유하는 차원에서 돌밭에 흩어진 적군 전사자의 묘지를 새롭게 축조하고 시신을 안장하는 일이 인도주의 차원에서 진행되었다. 적군묘지를 만들어 개막하는 자리에 참석한 구상은 그날의 감회를 표현하는 명시를 남겼다. 이 시는 『초토의 시』에 8번으로 수록되었고 시집 발간 직전 『자유문학』창간호(1956.6.)에 「적군묘지 – 앞에서」라는 제목으로 발표되었다. 첫 발표작과 『구상 시 전집』수록 본에 거의 차이가 없는 것으로 보아 시인의 정신이 응축된 완결판 작품임을 알 수 있다. 여기서는 『구상 시 전집』본을 인용한다.

오호, 여기 줄지어 누웠는 넋들은
눈도 감지 못하였겠구나.

어제까지 너희의 목숨을 겨눠
방아쇠를 당기던 우리의 그 손으로
썩어 문드러진 살덩이와 뼈를 추려
그래도 양지 바른 두메를 골라
고이 파묻어 떼마저 입혔거니
죽음은 이렇듯 미움보다도 사랑보다도
더욱 신비스러운 것이로다.

이곳서 나와 너희의 넋들이
돌아가야 할 고향 땅은 30리면
가로막히고
무주공산無主空山의 적막만이
천만 근 나의 가슴을 억누르는데

살아서는 너희가 나와
미움으로 맺혔건만
이제는 오히려 너희의
풀지 못한 원한이
나의 바람 속에 깃들어 있도다.

손에 닿을 듯한 봄 하늘에
구름은 무심히도
북으로 흘러가고,
어디서 울려오는 포성砲聲 몇 발
나는 그만 이 은원恩怨의 무덤 앞에
목놓아 버린다.

「초토의 시 11」 전문

1연의 '오호'라는 감탄사는 묘지 속에 눈도 감지 못하고 누워 있을 한 맺힌 죽은 넋들에 대한 슬픔과 위로의 표현이다. 2연은 묘지가 만들어진 내력을 말함으로써 시인의 인간중심적 사유를 드러낸 부분이다. 비록 아군과 적군으로 나뉘어 총격전을 벌인 끝에 죽은 몸이 되었으나 정성을 다해 시신을 거두어 무덤을 만들어 준 사실을 분명히 밝혔다. "양지 바른 두메를 골라" 묻고 떼까지 입혔다는 데에서 '우리'와 '너희'가 사실은 원수가 아니라 전쟁에 희생된 한 민족이라는 사실을 암시했다. 이념을 앞세운 전쟁이었지만 그 이념이 무엇인지도 모르고 총칼을 들고 서로 싸운 것이다. 민족의 희생을 대하는 시인의 착잡한 심정은 "죽음은 이렇듯 미움보다도 사랑보다도/더욱 신비스러운 것이로다."라는 다소 모호한 구절로 표현되었다. 죽음은 미움이나 사랑 같은 인간의 감정을 초월한 것이기에 죽음의 세계로 넘어간 존재는 누구든 용서해 주어야 한다는 인간중심적 사유가 담겨 있다.

3연에서는 국토 분단의 안타까운 현실과 그로 인한 시인의 답답한 심정을 토로했다. "30리"와 "천만 근"이라는 말은 화자의 심정을 표현하는 수사적 장치다. 30리로 가까운 거리를, 천만 근으로 무거움의 감정을 대비했다. 돌아가야 할 고향은 가까이 있는데 그곳에 돌아갈 가능성은 희박하다는 안타까운 심정을 대비적으로 표현하여 강조한 것이다. "나와 너희의 넋들이/돌아가야 할 고향"이라는 말에서 화자의 고향 역시 북쪽이라는 사실도 드러난다.

4연과 5연은 인간주의적 관점에 바탕을 둔 화해의 정신이 담긴 부분이다. 기독교적 용서와 사랑도 서정의 축으로 작용했을 것이다. 시인의 간절한 소망의 기도 속에 민족 모두의 원한이 다 풀어지기를 염원하고 있다. 살아 있을 때는 서로 총을 겨루며 원수로 맞섰지만 죽은 다음에는 미움이 사라지고 가슴에 맺힌 원한도 자연의 평화 속에 용해될 수 있는 것이다. 봄 하늘은 손에 닿을 듯 가까이 보이는데 구름은 아무 일 없다는 듯 무심히 북쪽으로 흘러간다. 구름은 북으로 가지만 사람은 북쪽의 고향으로 갈 수 없다. 실향의 아픔 속에 아직도 포성이 울리는 분단 상황의 현실을 다시 느끼며 시인은 억제했던 울음을 터뜨린다. "은원恩怨의 무덤"이란 원한과 은혜가 합쳐져 있는 무덤이라는 뜻이니 죽은 자의 원한과 그것을 달래기 위해 양지 바른 곳에 묘지를 만들어 준 은혜를 지칭하는 것이다. 이 '은원'이라는 말 속에 뼈아픈 민족의 비극이 중단되어야 한다는 시인의 염원이 깃들어 있다.

전쟁을 중심으로 한 시편을 담은 『초토의 시』에 이질적인 내용의 작품이 있다. 시집에 13번으로 수록된 작품인데 작품

첫머리에 "우리 부부를 은행에 비유함"이라는 주가 달려 있다. 부부의 정을 은행에 비유한 작품이다. 구상은 나중에 『구상문학선』을 낼 때 이 작품을 「초토의 시」 연작에서 분리해서 "우리 부부의 노래"라는 부제를 달아 「은행」이라는 독립된 단시로 수록했다.

나 여기 서 있노라.
나를 바라고 틀림없이
거기 서 있는
너를 우러러
나 또한 여기 서 있노라.

이제사 달가운 꿈자리커녕
입맞춤도 간지러움도 모르는
이렇듯 넉넉한 사랑의 터전 속에다
크낙한 순명順命의 뿌리를 박고서
나 너와 마주 서 있노라.

일월日月은 우리의 연륜을 묵혀 가고
철따라 잎새마다 꿈을 익혔다

뿌리건만

오직 너와 나와의
열매를 맺고서
종신토록 이렇게
마주 서 있노라.

광복 직전에 결혼하고 분단과 월남과 전쟁을 겪은 부부의 기구한 여정에 하나의 매듭을 짓는다는 의미에서 이 작품을 지었을 것이다. 달콤한 꿈자리도 맛본 적 없고 입맞춤이나 간지러운 사랑의 속삭임도 모르고 살아온 세월이었지만 그래도 "넉넉한 사랑의 터전"을 이루어 거기 "크낙한 순명順命의 뿌리를 박고" 마주 서 있는 부부의 모습을 감동적으로 노래한 작품이다. 휴전으로 인해 전쟁이 일단 끝나자 부부의 새로운 삶이 시작된다는 의미도 문맥에 담겨 있는 것 같다. "너와 나와의/열매를 맺고서/종신토록 이렇게/마주 서 있노라."라고 과거형으로 서술했는데, 30대 후반의 작품임을 감안하면, 지금의 상태 이대로 생을 마칠 때까지 변함없이 유지하자는 소망을 그렇게 표현한 것으로 해석할 수 있다. 결혼하는 신혼부부나 결혼 생활을 하는 부부에게 선물로 주면 평생 간직할 만한 아름다운 내용의 작품이다.

11

왜관 정착과 시집 출간

휴전협정이 조인되고 서울로 환도하게 되자 대구와 서울을 오가던 구상은 경상북도 칠곡군 왜관읍에 정착지를 마련하게 된다. 왜관을 택한 것은 원산 근처 덕원에 있던 베네딕도회 수도원이 1952년 7월 왜관에 수도원을 열고 새로운 본당 수립을 계획했기 때문이다. 1955년에 수도원 건물이 완성되고 순심 중고등학교를 인수하여 교육과 출판 사업을 전개했으며 1956년에 로마교황청으로부터 정식 수도원으로 인가를 받았다. 그런 의미에서 왜관의 베네딕도회 수도원은 덕원의 베네딕도회 수도원을 남쪽으로 옮겨온 것이나 다름이 없었다. 덕원수도원에서 성장하고 생활한 구상은 왜관수도원에 혈육애 같은 친근감을 느꼈을 것이다. 만약 북에서 헤어진 누군가가

자신을 찾아온다면 베네딕도회
수도원으로 먼저 오지 않을까 하
는 생각에서 왜관을 정착지로 삼
았을 것이다.

1952년 3월 둘째 아들 구성具晟
이 대구에서 태어나 식구가 늘었
으니 구상에게도 가족들이 함께
생활할 터전이 필요했다. 구상은
왜관수도원 근처에 "당시 7만 원
이라는 금액으로 초가집 한 채가

딸, 부인과 함께 순심의원에서

있는 5백 평의 땅을 매수하게"[41] 되었다고 정확히 숫자까지 기
록했다. 부인은 수도원에서 인수한 순심 중고등학교의 이름을
따 순심의원을 개업하고 그 옆에 마련한 사랑채에는 진주의
벗 설창수 시인이 지어 준 '관수재觀水齋'라는 당호를 걸었다.
낙동강이 흐르는 나루터가 앞에 있었기 때문에 강물을 바라
보는 집이라는 뜻으로 지어 준 것이다. 진주의 명필 정명수는
그 뜻을 살려 '관수세심觀水洗心'이라는 글씨를 써 주었다. 강물
을 보며 마음을 맑게 씻는다는 뜻이다. 구상은 설창수의 우정

---

41 구상, 『모과 옹두리에도 사연이』, 홍성사, 2002, 268쪽.

을 간직하기 위해 서울의 여의도 아파트로 이주한 다음에도 이 당호를 그대로 사용하여 아파트 입구에 걸었다.

왜관은 구상에게 제2의 고향이다. 구상은 1955년 왜관읍 왜관동 789번지로 호적 신고를 하여 왜관을 본적으로 삼았다. 그는 이곳에서 신문사도 나가고 효성여대 강의도 나갔다. 그의 자필 이력서에는 1952년에서 1957년까지『영남일보』주필 겸 편집국장을 한 것으로 되어 있고, 1952년에서 1956년까지 효성여자대학교 부교수를 지낸 것으로 되어 있다. 전후의 어수선한 상황에서 인재가 귀한 처지라 이러한 겸직이 가능했을 것이다.

그 시절 왜관에서 기차를 타면 대구역에 내렸다. 대구역에서 한 정거를 더 가면 고모역이 있다. 구상은 대구 근교를 지나면서 고모역을 보고 그 역을 이용하기도 했을 것이다. 고모역顧母驛의 이름이 어머니를 돌아본다는 뜻이니 그 이름 때문에 고향에 두고 온 어머니가 떠올랐을 것이다. 옛날 덕원과 원산을 오가며 통학하던 함경선 열차도 떠올랐을 것이다. 어린 시절 어머니는 덕원역에 서서 학교를 끝내고 돌아오는 어린 아들을 기다리셨다. 그때 어머니의 연세는 오십대 중반, 머리가 희끗하신 모습이었다. 38선을 넘어 월남하던 그때 마을 끝까지 나와 배웅하시던 어머니의 연세는 70대 중반, 반백의 주

구상 시인 탄생 100주년 기념 고모역 시비詩碑

름진 모습이었다. 어머니를 돌아보는 역, 고모역을 지날 때마다 어머니의 모습이 구상 시인의 가슴에 아프게 들어와 박혔을 것이다. 세월이 흐른 후 구상은 그 감회를 살려 「고모역」이라는 시를 썼고 그 시는 지금은 폐역이 된 고모역 시민 공원에 새겨져 있다.

효성여대는 가톨릭 대구대교구에서 운영한 학교로 1952년 초급대학으로 출발하여 1953년 4년제 대학으로 인가를 받았다. 초대 학장은 전석재 신부인데 구상은 학장의 초빙으로 강의를 나가게 된 것이다. 1952년이나 1953년 개교한 효성여대의 강의실에서 구상을 시론 교수로 처음 만난 졸업생들의 인상기에 의하면, "키가 홀쭉하고 긴 목이 마치 청아한 사슴을 연상케 하는 한 신사",[42] "그리스 조각상 같은 외모에 키도 홀쩍 크신 선생님"[43]으로 기록하고 있다. 이때 구상의 나이 30대 초반이니 여대생들의 마음을 충분히 사로잡았을 만하다. 폐결핵을 앓고 있다는 소문에 창백한 얼굴과 후리후리한 키가 학생들에게 연민의 연심戀心을 일으키기도 했을 것이다. 그러나 구상은 단 한 마디 구설에 오르는 일 없이 해박한 강의로 이름을 날렸다.

6·25를 전후해서 구상에게 깊은 인상을 남긴 인물이 공초 오상순이다. 오상순은 일본의 도시샤대학 종교철학과를 나오고 1920년대에 『폐허』 동인으로 활동했던 시인이다. 8·15 이후 삭발하고 선학원에 거주하면서 천진무구의 초연한 생활을 했다. 명동 플라워 다방이나 청동 다방에 자리를 잡고 사람들이 찾아오면 누구에게나 "반갑고 기쁘고 고맙다."라는 인사를 했고, 네가 앉은 자리가 바로 꽃자리라는 말을 건네 상대방을 우대하고 그에게 희망을 주었다. 사람들과 문답을 나누며 방명록 같은 서첩에 아무 글이나 적게 했다.

구상은 모든 것을 초월한 듯한 그의 자유로운 정신에 매료되었다. 심원섭은 구상이 "희미한 대로 매어달릴 수 있는 절대

---

42   최선영, 「만남은 은총이다」, 『홀로와 더불어』, 나무와숲, 2005, 352쪽.
43   이일향, 「건너지 못하는 강」, 위의 책, 343쪽.

적 구원의 한 현실적 가상假像"[44]으로 공초를 인식했다고 썼다. 구상이 공초를 처음 만난 것은 1949년 서울에서 『연합신문』에 근무할 때였고 식구들이 마산에서 올라오기 전에는 공초의 여관에서 함께 생활하기도 했다. 공초는 혼자 있을 때나 남들과 같이 있을 때나 아무런 차별 없이 구상을 대했다.

공초 오상순

구상은 자신의 시에서 공초를 "피안을 향한 뱃전"에서 사람들을 이끄는 선지자의 모습으로 그려 냈다. 많은 사람들이 현실의 이익을 추구하기 위해 배 한쪽에 모여들어 아우성을 치고 있는데 그렇게 되면 배가 기울어 침몰하게 된다. 공초는 반대편 뱃전에 앉아 몇 명의 소년 소녀들과 천진하고 순수한 이야기를 나누고 있다. 구상은 해방 후 눈앞의 이익만 탐하는 혼란의 시기에 세상의 균형을 취하려는 의인의 모습으로 공초를 표현한 것이다.

---

44 심원섭, 「지옥도와 절대 영원의 사이」, 『현대문학의 연구』 7, 1996. 12, 194쪽.

역사의 격랑 위에
시대의 폭우를 맞으며
한켠으로 기울어진 배.

차안此岸을 향한 뱃전에는
정치가를 비롯해 언론인,
교육자, 실업가, 예술가,
과학자, 철학가, 종교가 등
이 땅의 사공들이 모조리 나서
군중들에게 에워싸여 아우성이고

피안彼岸을 향한 뱃전에는
까까중머리를 한 노시인이 혼자서
소년 소녀 몇을 거느리고
줄담배를 피우며 버티고 앉았는데

내가 다가가자 그는
"반갑고 기쁘고 고맙다"라는
축언과 함께 악수를 하고
또 하곤 했다.

구상이 대구 피난 시절 『영남일보』 주필로 있을 때 공초가 문 득 찾아와 하나의 제안을 했는데 그 내용이 인상적이어서 잊 히지 않는다고 회고했다. 내용인즉슨 정오 사이렌이 울릴 때 자신을 성찰하고 반성하는 묵상의 시간을 갖는 운동을 벌이 자는 것이다. 당시에는 전쟁 중이라 현실성이 없을 것 같아 넘 겨 버렸는데 세월이 갈수록 그의 제안이 절실하게 다가왔다 는 것이다. 그는 오상순의 무심의 생활 태도와 존재론적 사유 에 감화되어 사표로 모시고 평생을 흠모했다.

공초에 대한 흠모의 정을 발전시켜 그를 추모하고 기념하 는 '공초숭모회空超崇慕會'를 결성하고 사업을 활성화하기 위해 서화전을 개최하여 거기서 얻은 자금을 『서울신문』에 기탁하 여 기금으로 삼았다. 이처럼 그는 자신이 은혜를 입은 사람에 게 어떠한 방식으로든 보답하려 했고 정신적 스승에 대한 존 경의 마음을 굳건히 지켰다. 훗날 공초 선생에 대한 존경의 마 음을 담아 공초가 애용하던 말을 활용하여 다음과 같은 짧은 시를 썼다. 시의 첫 두 행은 공초의 말이다.

반갑고 고맙고 기쁘다.

앉은 자리가 꽃자리니라!

네가 시방 가시방석처럼 여기는
너의 앉은 그 자리가
바로 꽃자리니라

반갑고 고맙고 기쁘다.

「꽃자리」전문

이 시기에 그가 벌인 또 하나의 사건은 언론인 최석채 구출 운동이다. 앞에서 소개했던 이호우 시인 구명 운동과 유사한 사건으로 구상의 의협심을 잘 보여 주는 또 하나의 사례다. 1955년 『대구매일신문』사장을 임화길 신부가 맡으면서 대구대교구의 요청에 의해 구상이 편집 자문 역할을 잠시 맡게 되었다. 그해 9월 주필로 있던 최석채의 사설이 여당의 반감을 사게 되어 대낮에 테러단의 집단 폭력이 자행되는 참사가 있었다. 이것을 세칭 '대구매일 피습사건'이라고 한다. 최석채는 9월 17일 구속되어 국가보안법 위반으로 취조를 받게 된다. 구상은 이 일을 해결하기 위해 서울과 대구를 왕래하면서 관계 요로에 진정서를 내고 탄원을 제기했다. 국회에서 현지 조사단을 파견하여 최석채에게 유리한 보고서가 상정되었지만 여야가 팽팽하게 대립하여 논쟁만 거듭하다가 결국 최석채는 국가보안법 위반으로 기소되었다.

구상은 이 사안의 부당함을 끝까지 알리기 위해『동아일보』(1955.11.23.)에「민주 창망蒼茫」이라는 제목의 글을 발표했다. 테러의 주범들은 처벌을 받지 않고 최 주필만 기소되었으니 여론 정치를 본령으로 하는 민주주의가 우리에게는 여전히 아득한 것이냐고 비판했다. 최 주필의 2차 공판이 11월 26일이니 이 글은 공판 3일 전에 발표된 것이다. 국가보안법으로 기소되어 재판이 진행되는 상황에 이런 기고를 한 것 자체가 대단히 용기 있는 일이었다. 구상이 기대했던 국민 여론이 어느 정도 형성되어서 결국 최석채는 재판에서 무죄판결을 받았다. 그리고 테러범들은 체포되고 기소되었다. 구상의 여론 조성에 의해 사필귀정의 결과가 온 것이다.

1956년 12월 구상이 대구 청구출판사에서 간행한『초토의 시』는 모윤숙의 장시「국군은 죽어서 말한다」(1950.8.), 조지훈의 종군시「다부원에서」(1950.9.), 유치환의『보병과 더불어』(1951)와 함께 6·25 전쟁 체험을 담은 대표적인 시집으로 꼽힌다. 이 시집에 대해 "민족적 비극인 6·25 전쟁 체험을 형상화한 여타의 시적 노작들 가운데서도 가장 돋보이는 성공을 거둔 작품"[45]이라는 평가가 이루어졌다.

휴전협정 체결 후 혼란기에 간행되었기 때문에 이 시집에 대한 반응은 그리 두드러지지 않았다. 그리고 구상이 발표한 일련의 작품에 대한 문단의 평가가 그리 우호적인 것도 아니었다. 시집이 나오기 전 『동아일보』(1956.3.28.)에 발표된 김윤성의 「3월의 시단 시평」을 보면 『문학예술』에 발표된 구상의 시 「폐허에서」를 들어 비판적인 서술을 하고 있다. 이 작품에 사회적 관심이 반영되어 있기는 한데 이런 정도의 사회적 관심이 풍속적 흥미 외에 무슨 의미가 있겠느냐고 하며 시가 무엇인지를 먼저 생각해야 한다고 지적하고 있다. 현실 문제를 직접 시의 소재로 가져오는 것에 대해 당시 문단은 그리 호의적이지 않았다. 구상도 이 점을 잘 알고 있었다. 『초토의 시』 후기는 자신의 벗 설창수에게 보내는 편지 형식으로 되어 있는데, 거기서 "평가들은 판에 박은 듯이 '허무적 휴머니티의 발로'라고 일언직하더군요."라고 당대 평가의 상투적 반응에 대해 서운함을 표시하고 있다.

이처럼 공소한 문단 풍토에서 단연 이채를 발한 것은 이인

---

45 장부일, 「역사의식과 존재인식의 시」, 『한국현대시연구』, 민음사, 1989, 63쪽.

석의 서평이다. 『동아일보』(1957.3.3.)에 발표한 이인석의 서평은 짧은 분량이지만 시집의 핵심을 제대로 포착하고 서술했다. 이 글에서 이인석은 구상을 인간의 운명을 응시해 온 시인으로 평가하면서 "신음하는 조국의 가장 뼈아픈 상처를 정시"하고 있다고 올바른 논설을 폈다. 그러한 조국의 참상에 실망하거나 자기自棄하지 않고 어둠 속에서도 빛을 찾는 기도의 자세를 보이고 있음을 주목했다. 이러한 "현실 직시의 자세"와 이를 뒷받침하는 "정직과 용기와 자신自信"에 감탄하지 않을 수 없다고 심정을 토로했다.

그뿐 아니라 시어를 "일상 속어에서 발굴"하여 "방치된 채 굴러다니던 우리의 일상용어들을 주워 모아 생명을 불어넣고 있다."고 정당한 평가를 했다. 이것은 당시 아무도 주목하지 못했던 사실을 새롭게 제시한 중요한 언급이다. 시어의 파격성에 대해 훗날 김봉군은 "그는 시어에 있어서의 엘리티즘을 배격한다."[46]는 추상적인 서술을 했지만, 이인석은 짧은 문구로 구체적인 특징을 드러내고 그 의의를 제대로 평가했다. "그러한 점에서 이 시집은 하나의 개척자의 역할을 했다."고 결론을 맺었는데 이러한 평가를 한 이인석의 글은 『초토의 시』의

---

46 김봉군, 「비극의 상황과 구원에의 빛」, 『한국현대시평설』, 문학세계사, 1983, 367쪽.

의미를 압축적으로 제시한 당대의 모범적인 평문이며 구상 시 해석의 가장 뛰어난 개척자 역할을 한 업적으로 그 의의를 부여할 수 있다.

『초토의 시』는 시집의 특성 면에서도 개척자 역할을 했지만 구상을 시인의 자리에 뚜렷이 정립케 했다는 점에서 더 중요한 의미를 지닌다. 이 시집이 시인 구상에게 어떤 의미를 갖는가를 밝힌 다음과 같은 서술은 사태의 핵심을 제대로 포착한 설명이라 할 수 있다.

　　전쟁의 비극을 증언한 「초토의 시」 연작은 민족사의 불행을 대표하는 시로 널리 알려져 있지만 이 연작은 구상 개인사에서도 중요한 이정표가 되는 작품이다. 전쟁 체험은 가톨릭 신자인 그에게 인간의 삶이 역사에 의해 얼마나 휘둘릴 수 있는가를 생생하게 드러내 주었기 때문이다.[47]

『초토의 시』는 처음 발표 후 몇 차례의 개작 과정을 거친다. 시집의 편제는 처음에 작품 15편을 일련번호로 표시한 형태였는데, 1975년 『구상문학선』에는 10편만 수록되고, 1981년 『까

---

47 김승구, 「구상 시에 나타난 영원성의 시학 고찰」, 『국제어문』 39, 2007. 4, 89쪽.

마귀』에는 「난중시초」라는 묶음으로 새로운 일련번호로 재편성되고, 1986년 『구상 시 전집』에 15편으로 최종적으로 정착되었다. 시인 말년에 간행된 총서 『개똥밭』(2004)에는 한 편이 추가되어 16편이 되었다. 이러한 변화 과정을 겪었지만 그 원형은 1956년 12월에 간행된 시집이다. 그 시집이 시적 발화의 변곡점이 되어 구상의 시가 문단에 제대로 알려지고 시인들의 주목을 받기 시작한 것이다.

앞서 소개한 이 시집의 「후기」에서 구상은 자신이 정훈국 기관지를 내고 종군작가로 활동했기 때문에 '어용 작가'라는 곡해를 받기도 했다고 말했다. 그는 일상의 속어를 규범의 틀

1957년 서울시문화상을 받고 가족 및 문인들과 함께

에서 해방시켜 인류의 운명이나 불행을 '인간적으로' 풀어내는 도구로 활용하고 싶었다고 토로했다. 요컨대 이 시집은 일상어를 과감히 도입하여 인간의 현실을 노래한 전후 최초의 성과였다. 이 시집이 문단의 호응을 얻으면서 시인으로서 그의 위상이 뚜렷해졌다. 더군다나 이 시집이 1957년 10월에 서울시문화상을 받게 됨으로써 문단적 평가는 정점을 찍었다.

이 시집 출간에 즈음하여 그는 서울에 올라와 서울대학교에서 강의를 맡게 되었다. 기록에 의하면 현대문학 특강 한 강좌를 맡은 것으로 되어 있다. 그의 자필 이력서에는 1956년부터 58년까지 서울대학교 문리과대학 강사를 하고 1960년부터 61년까지 서강대학교 문리과대학 강사를 한 것으로 기재되어 있다. 한국의 문화가 서울 중심이었기 때문에 어쩔 수 없이 가족들은 왜관 본가에 그대로 두고 구상은 서울에 거처를 마련한 후 양쪽을 오가며 집필과 사회 활동을 했다.

12

이중섭과의 관계

여기서 꼭 얘기하고 넘어가야 할 사항이 화가 이중섭과의 교
유에 대한 것이다. 이중섭은 1916년 출생이고 구상은 1919년
출생이니 이중섭이 구상보다 3년 연상이다. 그러나 이중섭이
구상에게 보낸 편지를 보면 이중섭은 자신을 꼭 '제弟'라고 칭
했다. 이중섭의 겸손한 성품과 구상에 대한 존경심을 함께 알
려 주는 사례다.

　이중섭은 평안남도 평원 출신인데 일본 유학 시절 어느 친
구의 소개로 구상과 만나게 되었다. 1939년 가을의 일로 구상
은 회고했다. "나는 그를 대하자 대번에 '루오의 예수의 얼굴'
을 닮았구나 하는 첫인상"을 받았다고 썼다. 그런데 일 년 후
원산에서 우연히 만나 술을 대작할 때 이중섭도 구상에게 "형,

구 형은 예수를 닮았어! 루오의 예수의 얼굴을"하고 말해서 깜짝 놀랐다고 했다.[48] 조르주 루오는 서민의 모습과 종교적 인물을 개성적인 화필로 그려 낸 프랑스 화가인데, 이중섭이 그의 화풍에 영향을 받은 것으로 알려져 있다. 그날 이중섭은 자신의 애창곡「소나무」를 맑고 아름다운 음색으로 불렀다고 한다.

일본 유학 후 원산에 정착한 이중섭은 그곳에서 결혼하고 원산사범학교 미술 교사를 하며 구상을 다시 만났다. 결혼 일 년 후 태어난 아이를 잃었을 때 구상과 함께 관을 만들고 운구를 했다. 그때 이중섭은 아들의 관에 신나게 장난하는 어린 아이의 그림을 그려서 넣어 주었다고 한다. 앞에서 말한 대로 1946년 여름부터 준비한『응향』의 표지 장정과 표지화를 맡은 사람도 이중섭이다. 이 일로 두 사람은 더욱 가까워졌을 것이다.『응향』의 실물이 남아 있지 않지만 이 책을 본 사람은 장난치는 아이들의 그림이 표지에 있었다고 기억한다. 1947년 2월 구상이 단신 월남하자 이중섭은 기가 꺾였다.[49]

이중섭은 그로부터 몇 년 지난 1951년 1·4 후퇴 때 월남하여 대구에서 구상과 해후했다. 이중섭은 대구역 근처 여인숙

---

48 구상,『모과 옹두리에도 사연이』, 홍성사, 2002, 323쪽.

49 김광림,「구상 시인과 이중섭 화백」,『홀로와 더불어』, 나무와숲, 2005, 104쪽.

에 머물렀다. 아내와 두 아들이 있었기 때문에 이중섭은 가족의 안전을 위해 부산으로 다시 제주도로 피난했고, 경제적 곤궁에 빠져 가족을 돌보지 못할 처지가 되자 아내와 아이들을 아내의 친정이 있는 일본으로 보냈다. 가족과 헤어진 그가 자괴감에 빠져 자책과 자학의 길로 접어들자 구상은 백방으로 그를 도왔다. 이중섭은 구상의 왜관 집 옆에 방을 얻어 기거하면서 낮에는 도시락을 싸 들고 들과 강을 돌며 왜관 풍경을 그리고 일본에 가 있을 아이들의 모습을 그렸다. 이때 구상의 가족도 그림으로 그려 남겼다. 「구상네 가족」으로 명명된 이중섭의 그림은 1955년 작으로 되어 있다.

구상이 폐결핵이 또 재발하여 병상에 누워 있을 때 이중섭이 방문했다. 이중섭이 세상을 떠나기 일 년쯤 전의 일이라고 했다. 그는 큰 복숭아 속에 한 어린애가 청개구리와 놀고 있는 그림을 가지고 와서 내밀며, 순하디순한 표정으로, "상이, 그 왜 무슨 병이든지 먹으면 낫는다는 천도복숭아 있잖아! 그걸 상이 먹고 얼른 나으라고, 이 말씀이지." 하고 말하며 히죽 웃었다고 한다. 구상은 훗날 이 사실을 소재로 하여 다음과 같은 감동적인 작품을 지었다. 이 시에서 이중섭의 말이 예수의 음성으로 환치되는데, 여기에는 그가 일본 동경에서 처음 보았던 루오의 예수 얼굴 이미지가 투영되었을 것이다.

향우鄕友 이중섭이 이승을 달랑달랑 다할 무렵이었다.

나는 그때도 검은 장밋빛 피를 몇 양푼이나 토하고 시신屍身처럼 가만히 누워 지내야만 했다.

하루는 그가 불쑥 나타나서 큰 복숭아 한 개가 그려져 있고, 그 한가운데 씨 대신 죄그만 머슴애가 기차를 향해 만세를 부르는 그런 시늉을 하고 있었다.

나는 그것을 받으며,

"이건 또 자네의 바보짓인가, 도깨비놀음인가?"

하고 픽 웃었더니 그도 따라서 씩 웃으며

"복숭아, 천도복숭아

님자 상이, 우리 구상이

이걸 먹고 요걸 먹고

어이 빨리 나으란 그 말씀이지."

흥얼거리더니 휙 돌쳐서 나갔다.

그는 저렇듯 가고 10년 후,

나는 이번에 폐를 꺼내 그 공동空洞을 쪼개 씻어 도로 꿰매 넣고 갈비뼈를 여섯 개나 자르고 누웠다.

마침 제철이라 날라다주는 식상食床엔 복숭아가 자주 오르는데

이것을 집어들 때마다 나는 중섭의 천도 생각이 나며

"복숭아 천도복숭아

님자 상이, 우리 구상이

이걸 먹고 요걸 먹고

어이 빨리 나으란 그 말씀이지."

그의 그 말씀을 가만히 되뇌이기도 하고 되씹기도 한다.

그런데 차차 그 가락은 무슨 영절스러운 축문祝文으로 변해 가더니 어느덧 나에겐 어떤 경건과 그 기쁨마저 주기에 이르렀 다.

그리고 또한, 내가 태중胎中에서부터 숙친熟親한 또 다른 한 분의 음성과 한데 어울려 오는 것이다.

"이것은 내 몸이니 받아 먹으라.

이것은 내 피니 받아 마시라.

나를 기억하기 위해

이 예를 행하라."

「비의秘儀」 전문

구상은 이중섭의 말에서 예수의 음성을 연상하며 이중섭이 자신의 피와 살을 나누어 주어 구상을 살리고자 했다고 상상 한 것이다. 우리가 감지하지 못하는 비밀스러운 뜻이 이중섭의 그림에 담겨 있었고 그것이 작용하여 자신의 몸이 치유되었다는 상상이다. 여기서 중요한 것은 이중섭 그림의 인상을 오래도록 간직하고, 자신이 극한에 몰린 투병의 상태에 그 그림이 치유의 힘으로 작용했을지 모른다고 상상하는 구상의 우정이다. 구상의 마음속에 이중섭은 평생 지워지지 않는 루오의 예수상으로 남아 있었던 것이다. 그래서인지 임종 며칠 전 중환자실에서 의식이 몽롱하던 상태에서 구상은 이중섭을 보았다고 가족들에게 이야기했다고 한다. 딸인 구자명의 회고가 있다.

그가 '셈 없는' 순수지정에 목말라하고 그러한 정을 나눈 몇 안 되는 지상의 인연이었던 이중섭 화백을 애타게 그리는 모습을 임종 며칠 전 가족에게 보였는데, 솔직히 나로서는 좀 충격이었다. 중환자실에서 인공호흡기를 달고 의식이 오락가락하는 중태에 계시던 분이 어느 순간 갑자기 "우리 등섭이 왔나?" 하고 베개에 손가락 글씨를 써서 물으셨고, 곁에 있던 우리가 "네? 누구요?" 하고 묻자 흐뭇한 눈빛을 보이며 "등섭이가 왔다 갔는데 오늘은 아직 안 왔나?" 하고 대꾸하셨다. 가족 누구에게도 그런 애틋한 정을 드러나게 표시한 적이 없는 지엄한 가장이었던 그가 앞서 떠나보낸 아내도 두 아들도 아닌, 수십 년 전 요절한 친구를 임종자리에서 그리도 보고 싶어 했던 것이다. 자식인 나는 당시로선 어떻게 이해해야 할지 모르겠는 심정으로 좀 야속한 생각마저 들었었다. 그러나 세월이 흐르면서 차차 좀 이해할 수 있게 된 것 같다. 순수 예술가 본색 그 자체였던 이중섭처럼 '외딴길'을 선택한 사람들 간의 지음지정知音之情이라 여겨지고 그 이후로 아버지 인생에 그만 한 '소울메이트'가 나타나지 않았기 때문이 아닐까 짐작해 본다.[50]

1956년에 접어들어 이중섭의 병은 더욱 깊어져 음식을 거부하고 거리의 행려자로 떠돌았다. 영양실조에 걸린 정신이상자로 분류되어 청량리뇌병원에 수용되었다. 구상이 소식을 듣고 적십자병원으로 옮기려고 수속을 밟고 지프차에 태워 나올 때 그 천재 화가의 가련한 모습에 구상은 쏟아지는 눈물을 멈출 수 없었다고 했다. 1956년 9월 6일 이중섭이 적십자병원에서 병사했을 때 장례를 치러 줄 사람이 없었다. 늦게 연락을 받은 구상이 달려가 보니 가난한 화가 몇 명이 모여 있었다. 주머니에 동전 몇 푼밖에 없었던 화가들은 밀린 병원비와 장례비를 댈 수 없었다. 구상이 장례 절차를 전담하고 김광균 시

---

50 구자명, 「아버지의 까마귀 성음(聲音)을 그리며」, 『월간문학』, 2019. 7, 36-37쪽.

인이 협조하여 장례를 치렀다. 화장하여 유골의 반은 미아리 공동묘지에 묻고 나머지는 유골함에 담아 일본의 부인에게 전달하기 위해 보관했다.

이듬해인 1957년 9월, 국제 펜클럽 대회에 한국 대표로 참석하기 위해 일본을 방문했을 때 그 유골을 부인에게 전했다. 구상은 이 사연을 「모과 옹두리에도 사연이 46」에 담았고 시나리오 「갈매기의 묘지」(『세대』, 1967.4.)의 소재로도 삼았다. 이 시나리오는 일본인 부인에게 한국인 예술가 남편의 유골을 전하는 사건을 모티프로 하여 한일 관계에 대한 새로운 전망을 모색한 작품이다. 이 작품에 비행기를 타고 일본으로 가서 이중섭의 아내에게 유골을 전한 경험이 반영되어 있다. 1966년 구상이 폐결핵 치료를 위해 일본 동경 오리모토(織本) 병원에 입원하여 수술받은 후 회복기에 시나리오 연구소에서 학습하고 졸업 작품으로 제출하여 최우수작으로 선정된 시나리오다. 구상은 자신의 체험이 담긴 내용을 각색하여 시나리오를 창작한 것이다.

13

부패한 정권에 대한 항거

구상의 의협심은 기자 생활을 할 때 비판적 논설로 필화를 입고 테러를 당한 사건이라든가 이호우나 최석채를 위기에서 구하기 위해 백방으로 노력한 일 같은 데에서 충분히 확인된다. 그는 기질적으로 불의를 참지 못하는 비판적·저항적 태도를 지니고 있었는데, 이것이 원인이 되어 자유당 정권 말기에 예기치 못한 고초를 겪게 된다. 1959년 구상은 조작된 '레이더 사건'에 연루되어 이적 혐의라는 죄명으로 국가보안법에 의해 재판을 받고 1심에서 15년 형을 선고받는 끔찍한 일을 겪는다. 다행히 2심에서 무죄를 선고받아 그의 결백이 입증되기는 했지만, 폐결핵 환자인 그의 건강 상태를 생각할 때 몇 개월의 수감 생활은 매우 부담이 되는 일이었다.

1950년대 말로 오면서 자유당 정권의 독재와 부패가 심해지자 야권에서는 민권 수호를 위해 민권수호국민총연맹이라는 국민 조직체를 만들어 시국에 대처하게 되었다. 이 조직이 구성된 것은 1959년 1월이고 이때 구상은 그 조직의 문화 부문 책임간사를 맡았다. 총연맹의 창립위원인 김창숙은 이승만 대통령의 하야를 촉구하는 성명서를 발표하기도 했다. 구상은 정치인이나 문화계 인사와 함께 강연도 하고 집회에도 참여했다. 『초토의 시』를 발간하고 서울시문화상을 받은 이후 구상은 시 창작보다 사회 운동에 더 힘을 쏟게 되는데, 이것은 언론인으로서의 그의 이력과 불의를 보고 참지 못하는 현실 비판적 태도에 기인한 것이다.

『경향신문』은 해방 이후 줄곧 경영권이 가톨릭 재단에 있었기 때문에 권력의 억압으로부터 비교적 자유로운 상태에 있었다. 그래서 자연스럽게 자유당 정권에 대한 비판적인 논설과 기사도 많이 싣게 되었다. 이러한 정황을 눈엣가시처럼 여기던 정부는 1959년 2월부터 『경향신문』 칼럼의 용공성을 빌미 삼아 논설위원 주요한을 소환하여 조사하기도 하고 기사를 쓴 기자를 소환하여 반공법 위반으로 조사하기도 했다. 정부는 결국 국무회의에서 1959년 4월 30일 자로 『경향신문』의 폐간 결정을 내렸다. 이러한 극단적 결정의 이면에는 가톨릭계의 『경향신문』이 같은 가톨릭계의 장면 부통령을 후원한다는 소문에 대한 정치적 보복의 의미도 있었다. 『경향신문』은 이에 불복하여 행정소송을 제기하고 법정투쟁을 벌였다.

구상 역시 가톨릭계의 중심인물로 민주주의 실현을 위한 대정부 비판 대열에 서 있었다. 『경향신문』 칼럼 필화 사건으로 편집국장과 논설위원이 소환 조사를 받고 있던 1959년 2월 그 시점에 『동아일보』에는 15일과 16일 이틀에 걸쳐 「격동기의 지성」이란 제목의 좌담회 기사가 실렸는데 김팔봉, 정비석, 조지훈, 조흔파 네 사람의 문인이 참석하고 좌담회의 사회를 구상이 보았다.

사회를 맡은 구상은 시종일관 비판적 자세를 견지하면서 지성인은 소심하게 위축된 자리에서 벗어나 사회를 대변하고 시대의 지표가 될 책무를 안고 있음을 강조했다. 구상은 프랑스의 행동주의 문학까지 거론하면서 시대 상황을 포착해서 창조적 현실로 이끌어 가는 작품이 나와야 한다고 역설했다. 네 명의 문인들에 비해 사회자인 구상이 적극적으로 좌담을 주도해 가고 있음을 볼 수 있다. 정치 현실에 대한 비판을 종횡무진 이끌어 가던 구상은 끝에 가서 농담 비슷한 어조를 사용하면서도 거침없이 "우리 지성인들이 총궐기할 때는 이때다."라는 말로 끝을 맺었다. 이 좌담은 『동아일보』의 의도와는 상관없이 사회자 구상의 다양한 현실 비판으로 전개되었기 때문에 집권층의 비위를 크게 거슬렀을 것이다. 이러한 그의 현실 비판적 활동이 집권층의 정보망에 걸려 왜곡된 조작 혐의로 진행된 것이 소위 '레이더 사건'이다.

이 사건으로 구상이 체포된 것은 1959년 5월이고 5월 30일에 구속영장이 발부되었다. 6월에 기소되고 9월부터 재판이 시작되었다. 사건의 개요는 한국군에서 통신 장비로 사용하는 레이더 진공관의 종류와 주파수를 파악하고 그 현품까지 입수하여 일본으로 밀송하려 했다는 것이다. 여기 연루된 사람은 구상과 친분이 있는 재일교포 우한용과 미군 병기창에 근무하는 대자代子 이광규 등 8명으로, 모두 국가보안법과 형법 위반으로 구속 기소되었다. 그러나 이 사건은 우한용이 남대문시장에서 실험용 진공관을 구매한 사실을 침소봉대하여 북한 밀송 공작으로 조작한 것이다.

체포되기 전에 구상은 노기남 대주교의 주선으로 프랑스 파리 가톨릭 대학원에 진학하려고 여권 수속 중이었다. 이것에 대해서도 정보 당국은 국내의 비민주적 상황을 외국에 알리기 위해 가는 것으로 오해하여 구상의 외국행을 막으려는 의도도 이 사건 발의에 포함되어 있었다. 국가보안법 위반이기 때문에 모두 중형이 선고되었다. 검찰은 우한용에게 무기

징역, 구상에게 15년, 다른 사람들에게는 10년을 구형했다. 그러나 증거 불충분으로 모두 무죄판결을 받고 11월에 석방되었다. 구상은 어처구니없는 사건에 연루되어 6개월 동안 수감 생활을 한 것이다.

은혜같이 다사로운 햇살이 감방에 스며들면 나는 향일성 식물일세.

내 마음은 눈먼 나비런가? 벽돌담도 훨훨 날아 넘어가 종일토록 회상의 꽃잎을 찾아 헤매다 제풀에 지쳐 돌아오는군.

예서 지내온 삶을 돌이켜 보면 천지 분간도 못했다는 게 실토일까. 용케도 넘겨온 고비, 고비, 새삼 아슬한 생각도 들고 수치로 붉어도 지네.

시방 독방 신세라 면벽 좌선인 셈, 오직 정념正念의 세계만이 안 잡혀 탈일세. 차입해 준 책『업業의 문제』통봉痛棒이어서 고맙네.

아마 이맘때면 바깥세상은 꽃놀이와 양도糧道 소동이 한창이겠지. 여기는 비록 취할 꽃은 없으나 춘궁春窮이 없어 '요행의 섬'이랄까.

인사와 회포 모두 줄이네.

「옥중춘전獄中春箋」 전문

『구상문학선』(1975)에 수록된 작품으로, 계절의 배경으로 보아 1959년 투옥 때의 체험을 소재로 한 것임을 알 수 있다. 어두운 감방에 수감되어 향일성 식물처럼 햇살을 바라보다 어쩔 수 없이 고개를 숙이는 화자의 모습이 눈에 그려지는 것 같다. 나라를 잃은 식민지의 어린이로 성장하여 일본 유학과 분단과 공산 탈출과 전쟁으로 이어진 수난의 삶을 거친 시인 구상. 공산당 독재를 피해 자유를 찾아 월남한 나라에서 간첩의 누명을 쓰고 수감되어 있는 자신의 처지를 생각하니 정말로 원통하기도 하고 운명의 노예가 된 자기 자신이 부끄럽기도 했을 것이다.

벗이 넣어 준『업의 문제』라는 책을 읽으며 지금의 이 고통도 업보에 해당한다고 생각한다. 좌선할 때 졸면 봉棒을 내리쳐 정신이 번쩍 들게 하듯이 책을 통해 이런 깨달음을 얻게 해주었으니 벗의 배려가 고맙다. 예전 5월에서 6월은 보릿고개라고 해서 농촌에서는 식량이 부족해 고생하던 시기다. 일부 유한 계층은 꽃놀이를 즐기고 대다수의 사람들은 양식(양도)을 얻기 위해 백방으로 돌아다닐 것이다. 감방에서는 꽃놀이를 즐길 수도 없지만 춘궁기의 고통도 겪지 않으니 자신의 거처를 '요행의 섬'이라고 자위한다. 어려운 상황에서도 여유를 잃지 않는 시인의 넉넉한 마음을 엿볼 수 있는 작품이다.

9월부터 시작된 재판은 한 달 이상 계속되었다. 애국심과 정의감이라면 누구에게도 뒤지지 않는 구상에게 재판 자체가 견딜 수 없이 치욕스러웠을 것이다. 구상은 법정에서 검사의 구형을 받은 후 최후진술에서 "조국에 모반한 죄목을 쓰고 유기형수가 되느니 차라리 사형을 내려 달라."고 외쳤다고 한다. 자신은 결백하지만 만약 죄를 지어 벌을 받는다면 굴욕적인 유기수로 남기보다는 차라리 사형수로 사라지겠다는 뜻이다. 훗날 구상은 최후진술의 개요를 다음과 같은 시로 표현했다.

내가 만일

조국을 팔았다면

그 앞잡이가 되었다면

또 그 손에 놀아났다면

재판장님!

징역이 아니라

사형을 내려 주십시오.

조국을 모반한 치욕을 쓰고
15년이 아니라 단 하루라도
목숨을 구차히 이어 가느니보다
죽음이 차라리 편안합니다.

저기 저 창밖에
일진광풍이 채 물들지도 못한
낙엽을 지움을 좀 보아 주십시오.

재판장님!
무죄가 아니면
진정, 사형을 내려 주십시오.

— 1959년 10월 21일

「모과 옹두리에도 사연이 47」전문

구상이 석방되고 해가 바뀌어 3·15 부정선거와 이에 항거하는 4·19가 일어났다. 구상은 총구와 포문砲門을 벙어리로 만들고 "늙어서 귀가 먹은 폭군의/고막을 뚫어/10년 전제에 종지

부를 찍는다."(「모과 옹두리에도 사연이 52」)라고 훗날 그 의의를 시로 표현했다. 당시 3·15 부정선거에 항의하다 희생된 마산의 젊은이들을 위한 진혼가를『새벽』지에 발표했다. 시어와 정서는「적군 묘지 앞에서」와 유사한데, 형제들이 틔워 놓은 길에 자유의 상렬喪列이 꼬리를 물었다는 구절과 형제들이 뿌리고 간 목숨의 꽃씨를 우리가 기어이 가꾸고 피우겠다는 의지의 개진이 인상적이다.

손에 잡힐 듯한 봄 하늘에
무심히 흘러가는 구름이듯이
피 묻은 사연일랑 아랑곳 말고
형제들 넋이여 평안히 가오.

광풍이 휘몰아치는 쑥대밭 위에
가슴마다 일렁이는 역정逆情의 파도
형제들이 틔워놓은 외가닥길에
오늘도 자유의 상렬喪列이 꼬리를 물었소.
형제들이 뿌리고 간 목숨의 꽃씨야
우리가 기어이 가꾸어 피우고야 말리니
운명보다 짙은 그 소망마저 버리고

어서 영원한 안식의 나래를 펴오.

「모과 옹두리에도 사연이 53」 전문

4·19 이후 나라는 극심한 혼란에 빠졌다. 구상은 여러 계층의 사람들과 친분을 유지하고 그 능력을 인정받고 있었기 때문에 정계 진출의 유혹도 많이 받았다. 전쟁 때 정훈국에서 문관으로 근무했고 금성화랑무공훈장도 받았기 때문에 장군들과도 친했고, 자유당 말에 옥고를 치렀기 때문에 정치적으로 누구보다 떳떳했으며, 가톨릭계의 장면과도 각별한 사이였다. 내각제 정부의 국무총리가 된 장면은 구상에게 정계에 나와 도움을 줄 것을 요청했다. 전하는 말로는 민의원 공천을 해 주겠다는 제안을 했다고 한다. 진주의 벗 설창수가 참의원에 당선되었다는 소식을 듣고 구상도 정계 진출을 놓고 고민을 했을 것이다. 그러나 구상은 정의를 위해 부패한 정치를 비판하기는 했지만 정치에 참여하여 권력을 행사할 생각은 없었다.

이 시절 자유분방한 기질의 승려 시인 일초—初 고은이 구상과 가까이 지냈다. 그는 구상이 준비한 군용 지프를 타고 서울 거리를 돌아다녔다고 회상했다. 고은은 당시의 구상에 대해 "마치 이 세상의 모든 사람들의 친구가 되기 위해서 태어난 사람"[51] 같다고 서술했다. 고은은 구상과 대구를 거쳐 왜관 관수 재까지 동행했는데 구상이 박정희 소장을 만나고 왔을 때 심상치 않은 조짐을 느꼈다고 회고했다. 구상보다 두 살 위인 박정희와는 대구 피난 시절 이용문 장군의 소개로 만나 의기투합한 사이다. 며칠 뒤 구상은 고은에게 왜관 분도수도회에서 일감을 맡았다고 하며 제주도에 같이 갈 것을 제안했다. 고은의 기억에 의하면 프란츠 윌리엄의 『예수의 생애』를 번역하는 일이었다. 군부대에서 마련해 준 제주행 비행기를 타고 두 사람은 한 달쯤 제주 여관방에 머물렀다. 정치 열풍을 떠나 피신 아닌 피신 생활을 한 것이다. 서울로 돌아오는 길에 구상은 대구에서 박정희 소장을 다시 만났다. 박정희 소장은 술에 취해 핏발을 세우고 시국을 개탄하며 역정을 냈다. 그로부터 몇 달이 지난 1961년 5월 16일 박정희 소장의 쿠데타가 성공했다. 그로부터 3일이 지난 5월 19일의 일을 구상은 시로 남겼다.

　그와 마주앉은 것은 5월 19일 저녁, 기관총을 실은 장갑차가
　마당에 놓인 어느 빈 호텔의 한 방
　그도 나도 잠자코 술잔만을 거듭 비웠다.

51　고은, 『나, 고은』 제3권, 민음사, 1993, 225쪽.

마침내 그가 뚱딴지같은 소리를 꺼냈다.

"미국엘 좀 안 가 주시렵니까?"

"내가 영어를 알아야죠?"

"영어야 통역을 시키면 되죠!"

"하다못해 양식탁洋食卓의 매너도 모르는걸요!"

"그럼 어떤 분야라도 한몫 져 주셔야지!"

"나는 그냥 남산골샌님으로 봐두세요!"

얼핏 들으면 만담 같은 이야기를 주고받으며

우리는 술잔을 거듭 비웠다.

「모과 옹두리에도 사연이 60」 전문

전해지는 말로는 구상에게 대학 총장을 제안했다고도 하고
국가재건최고회의 고문을 권했다고도 한다. 이런저런 제안을
거절하자 구상에게 고액의 보증수표를 건네며 『경향신문』 인
수를 권유했다고 한다. 구상은 며칠 고민하다가 그것을 다시
가져다주었다. 선비와 문필가로서 세속에 물들지 않고 살기를
바란 것이다. 구상은 당사자들이 생존해 있기 때문에 그런 사
실들에 대해서는 분명히 말하지 않았다. 다만 『경향신문』 인
수와 관련된 일로 가톨릭 교단에 실망하고 자신도 마음의 상
처를 입었음은 분명해 보인다. 가톨릭 교단은 『경향신문』 창

간 때부터 주동적 역할을 한 윤형중 신부를 사장으로 발령 냈다가 몇 개월 후에 해임하는 등 내분의 양상을 보였다. 가톨릭 재단은 결국 『경향신문』을 개인 이준구에게 매각하여 경영에서 손을 떼었다.

구상은 자신이 원하지도 않은 이해관계에 얽혀 교회의 어두운 면을 체험하게 되어 "영혼의 치명상"(『모과 옹두리에도 사연이 65』)을 입었다고 고백했다. 그들의 치부를 폭로하고 단죄하지 않은 것은 북한에서 공산당에게 납치된 가형家兄 가브리엘 대준 신부의 어질고 슬픈 얼굴이 떠올랐기 때문이라고 했다. 박정희도 관련 사실을 아래로부터 보고받고 구상에게 부당함을 법으로 해결하자고 했다. 그러나 구상은 모든 것을 가톨릭의 공의公義와 용서로 포용해야 한다고 답했다. 1962년 『경향신문』 동경 지사장을 자청하여 일본으로 출국했다. 박정희가 만류했지만 '남산골샌님'의 지조를 꺾을 수 없었다.

14

사상적 전환의 계기들

구상은 1959년 옥고를 치르고 1960년 이후 격변의 시대를 겪으면서 내면적으로 사상적 전환을 이루게 되는데 그 계기가 된 몇 가지 변곡점이 있다. 그것은 크게 세 가지로 정리된다.

첫째는 인간 양심의 본질적 요소로 수치심을 정립한 것이다. 구상은 1959년 6개월간 옥고를 치를 때 알베르 카뮈의 희곡 「오해」를 읽고 실존주의 사상에 대한 회의를 갖게 되었다고 했다. 「오해」의 주인공들이 자신들의 혈족을 잔인하게 살해하고서도 수치심을 느끼지 못하고 작가인 카뮈조차 그것을 인간의 부조리한 조건으로 처리하는 것을 보고 실존주의에 대한 근본적인 회의를 가진 것이다. 그는 실존철학의 '반항적 인간' 개념에 결여된 것이 '수치심'이라는 것을 깨닫고 수치가

"인간 최초의 것이요, 본연의 것이요, 인간 구제의 가능성이요, 모든 규범의 시원이다."[52]라는 인식에 도달하는 사유의 확장을 이루었다.

그는 여기에 촉발되어 인간의 근본 문제에 대한 질문을 담은 희곡「수치」를 창작했다. 이 희곡은 6·25 때 종군작가로 후방 시찰을 가서 귀순한 여자 공비를 취조하며 대화를 나누다가 그의 부끄러워하는 모습에 깊은 인상을 받았던 경험이 창작의 소재로 수용된 것이다. 그는 1960년경에 이 희곡을 구상하고 나중에『자유문학』(1963.2.)에 발표했다. 1965년 그의 일본 체류 시에 드라마센터에서 공연도 되었으나 공비를 긍정적으로 묘사했다는 점 때문에 대본 검열에 걸려 공연이 중지되었다.

그러면「오해」의 무엇이 구상에게 인간 이해의 모순으로 다가온 것일까? 카뮈의「오해」는 그리스신화를 모티프로 삼아 창작한 것으로 인간의 비극적 운명을 실존적 부조리의 차원에서 접근한 작품이다. 여인숙에 투숙한 손님을 죽이고 금전을 탈취하는 일을 반복해 온 모녀가 20년 만에 돌아온 아들을 몰라보고 죽인 다음 나중에야 아들이라는 사실을 알고 운명

---

52 구상,「모과 옹두리에도 사연이 49」,『모과 옹두리에도 사연이』, 홍성사, 2002, 65쪽.

의 비극에 경악하는 내용이다. 요컨대 카뮈는 운명을 알지 못하고 욕망에 사로잡혀 잘못을 저지른 다음 후회하는 인물의 모습이 부조리한 세계를 살아가는 인간의 실존적 표상이라고 해석한 것이다. 그러나 구상은 신화의 상징적 구조에 대한 이해 이전에 어떤 목적을 위해 남의 목숨을 빼앗는 모녀가 인간으로서 기본적으로 지녀야 할 수치심을 결여했다고 파악한 것이다.

이것을 계기로 수치의 사상이라고 할 일련의 담론이 그의 문학작품에 표현되었다. 희곡 「수치」의 주인공 진명은 젊은 군인과의 대화를 통해 빨치산 생활을 하며 굴욕스럽게 연명한 자신의 과거에 치욕감을 느끼며 다음과 같이 반성의 뜻을 표명한다.

진명 (눈물을 머금고) 선생님 감사합니다. 감사해요. 저는 지금까지도 치욕과 수치를 혼동하고 있었던 것 같아요. 죽음보다도 못한 치욕 속에서 이제까지 목숨을 부지해 왔건만 이제는 오히려 내 목숨을 붙들고 늘어질 자신이 없어졌어요. 생존 본능에는 지렁이같이 끊어도 끊어도 꿈틀거리는 집착이 있지만 생활은 자아를 조성하는 창조의 의욕과 힘이 없고서는 자살이냐 피살이냐를 면치 못할 거예요. 아니, 이미 스스로 죽어 있거나 죽어

가는 그림자일 겁니다. 선생님! 저의 눈에 지금 떠오르는 바다
는 푸르른 바다가 아니라 어둠이 짙게 깔리고 검은 파도가 밀려
오고 있어요. 그 파도, 검정 파도 멀리서 이북 고향의 어머니의
얼굴이 떠오르며 손짓하고 있어요. (환상적이 되며)[53]

치욕과 수치를 혼동하고 있었다는 진명의 말이 인상적이다.
구상은 6·25 전쟁을 배경으로 하여 빨치산 포로와 국군의 대
화를 서술하고 있지만, 미학적으로는 일상의 삶 속에서 진실
을 발견하는 과정을 일상의 언어로 표현하고 있다. 특수한 상
황 속에서 보편적 진실을 찾아내려는 작가 의식을 엿볼 수 있
다. 진명의 반성적 자각은 기자들과의 인터뷰를 통해 더욱 뚜
렷해진다.

기자 B (일동이 이 의외의 소리에 잠잠했다가 B기자 감격에 찬
어조로) 그렇지, 공산당들에게, 더욱이나 빨치산 생활이야 수치
심을 상실한 동물적 사회니까. 그래, 이제 부끄러움을 느낀다.
그렇군! 수치심의 회복은 양심의 회복이요 인간으로서의 회복
이군! 부대장님, (그쪽을 향하여) 이 양이야말로 참된 마음에서

---

53 구상, 「수치」, 『황진이』, 홍성사, 2005, 41쪽.

우러나온 귀순입니다그려.

부대장 음, 해석도 좋으시유.

애기 박 기자 선생님! 이거 당돌하고 비약된 말씀 같습니다만 공비였던 진명 씨의 수치심과 양심, 나아가서는 인간으로서의 회복과 마찬가지로 서울이나 부산, 대구, 우리 사회 각층에서 수치심을 알고 양심과 인간에 귀순하여야 할 사람이 더 많지 않을까요? 더욱이나 지도층에.[54]

이 대화에서는 구상이 지닌 현실 비판 의식도 간접적으로 표현되고 있다. 양심의 회복은 공비에게만 해당되는 일이 아니라 모든 사람에게 필요한 것이고 특히 지도층에 더 요구된다는 대사는 당시의 현실에 대한 비판이기도 하다. 이런 점 때문에 이 연극이 공연 중지를 당했을 것이다. 기자들과의 대화와 젊은 군인과의 면담에서 인간의 위의를 새롭게 인식하고 자신의 수치를 분명히 자각한 진명은 "부끄러움을 맛보았기에 힘이 솟은 건지 모르죠. 결단의 힘이 말입니다."라고 말하며 자신이 어떠한 선택을 할 것인지 결심한다.

---

54 위의 책, 52쪽.

진명 모독요? 호호호. 짐승에게 다 파 먹히고 난 나에게 무슨 모독이 있어요. 이 형해形骸만 남은 몸뚱이를 인간이라는 이름의 구더기 떼들이 또 달라붙어 핥으려는 것을 거부했다뿐이죠. 이 거부의 용기도 어쩌면 선생님이 준 거예요. 선생님을 뵈었기 때문에, 당신의 말씀을 들었기 때문에, 부끄러움을 맛보았기 때문에 힘이 솟은 건지 모르죠. 결단의 힘이 말입니다.[55]

진명은 인간으로서 수치스럽게 목숨을 연명하는 것보다는 부끄럽지 않게 죽음을 선택하는 것이 옳은 일이라는 자각을 하고 그것을 실천에 옮긴다. 인간이 수치를 자각하면 구차한 삶이 아니라 정직한 죽음을 선택할 수 있다는 주제를 드러낸 것이다. 그리고 그러한 정직한 죽음이 허무의 종말이 아니라 오히려 영원한 미래로 나아가는 과정이라는 사상도 암시한다. 이것은 인간 행위가 욕망의 표출이며 그것에 의해 비극적 운명을 맞이하는 것이 인간의 부조리한 조건이라고 본「오해」의 세계관과 전적으로 구별된다. 여기에 바탕을 두고 "인간 실존에 내재된 것은 불안이 아니라 수치심이다."라는 명제가 수립된다. 그러한 수치의 사상은 말년에 창세기 담론과 연결되어

---

55 위의 책, 61쪽.

"그들(아담과 이브)이 인간의 실존과 양심의 자각으로 최초에 느 낀 것이 부끄러움인 것이다. 그래서 수치심은 인간 양심의 징 표일 뿐 아니라 인간 구원의 싹수이기도 하다."[56]라고 구체적 으로 표현된다.

사상적 전환의 두 번째 계기는 프랑스의 유신론적 실존주 의 철학자 가브리엘 마르셀의 사상을 접한 것이다. 「모과 옹두 리에도 사연이 63」을 보면 그는 일본 체류 중 동경 서점가 간 다(神田) 거리에서 가브리엘 마르셀 해설서를 구해 읽고 큰 감 동을 받았음을 고백하고 있다. 가브리엘 마르셀 사상의 어떤 점에서 감동을 받았는지 구체적으로 밝히지는 않았지만, 내가 생각하기에 구상 시인에게 가장 큰 영향력을 끼친 것은 육화 (incarnation)의 개념과 희망의 영속성 개념으로 추측된다.

육화란 개체적 존재인 내가 세계 속에 현존하며 내 육체를 통해 우주 속에 진입하여 의미를 발현한다는 개념이다. 실존 주의에서는 개체로서의 나를 세상에 무의미하게 던져진 부조 리한 존재로 본다. 그러나 마르셀은 개별적 자아가 세계 안에 현존하며 내 존재를 통해 세계에 참여한다는 개념을 설정했 다. 또 신앙에 바탕을 둔 희망이 세계 안에 있는 나를 영원한

---

56   구상, 「몰염치, 파렴치 세상」, 『인류의 맹점에서』, 문학사상사, 1998, 91-92쪽.

초월의 세계로 인도한다는 점을 강조했다. 이것을 희망의 영속성 개념이라고 한다. 이러한 마르셀의 철학은 구상 시인으로 하여금 '말씀의 실상'을 깨닫게 하고 '오늘'의 영원성을 발견하는 데 큰 도움을 주었다. 그 '만남의 비의秘義'를 구상은 다음과 같이 노래했다.

가브리엘 마르셀 선생!

당신은 역사에 대한 거듭된 절망으로
허무의 수렁에 빠져 있는 나에게
삶의 새로운 긍정의 문을 열어 주었습니다.

당신은 육신과 분리되어 있는 나의 영혼을
도로 함께 살게 해 주었습니다.

당신은 나에게 인간은 홀로서이지만
또한 더불어서임을 가르쳐 주었습니다.

당신은 나에게 유한성有限性에 대한 자각이
겸손에 이어져야 함을 깨우쳐 주었습니다.

당신은 나에게 신비가 공허가 아니고
충만임을 깨닫게 하였습니다.

당신은 나에게 한 치를 줄여서 사는 것이
한 치를 초월해 사는 것임을 보여 주었습니다.

당신에게서 나는 내세를 오늘부터
살아야 함을 배웠습니다.

오오, 만남의 비의秘義여!

「모과 옹두리에도 사연이 63」 부분

구상은 마르셀의 사상을 통해 허무의 수렁에서 긍정의 문을
열게 되었고 인간은 홀로 존재하는 것이 아니라 타인과 더불
어 존재한다는 것을 깨닫게 되었다. 마르셀의 희망의 영속성
개념은 구상에게 우주에 가득한 신비의 충만함을, 개체의 유
한을 넘어서 영원의 세계로 가는 가능성을 일깨워 준 것이다.
그가 1980년에 발표한 「말씀의 실상」의 정신적·신앙적 기원
은 여기에 있었다. 가브리엘 마르셀의 사상이 그의 안에서 오

랫동안 숙성되고 육화되어 새롭게 탄생한 것이다.

세 번째로 중요한 계기가 된 것은 1965년 제2차 바티칸 공의회에서 발표한 문헌 중 비그리스도교와 교회의 관계에 대한 선언 「우리 시대」와 종교 자유에 관한 선언 「인간 존엄성」의 내용이다. 이것은 가톨릭교회에서 처음으로 타 종교에 대한 배타심을 해소한 역사적 문헌인데, 이 공의회 문헌을 통해 구상은 종교에 대한 자유로운 접근과 사색을 펼칠 수 있게 되었다. 이것은 인간이 종교를 위해 존재하는 것이 아니라 종교가 인간을 위해 존재한다는 인간 중심의 신앙관을 정립하는 계기가 된다. 그는 상대적 관념에 얽매이지 않고 불교와 기독교를 대등하게 보는 불이不二의 세계관으로 삶과 신앙을 조명했다. 이것은 그의 시에 그대로 반영되어 시의 변화를 주도하게 된다. 1966년 10월 조계종 초대 종정을 지낸 효봉 선사가 입적했을 때 노기남 대주교가 조문을 하고 가톨릭 수녀들이 영전에 단좌하여 연도를 올리는 장면을 보고 기독교와 불교가 상통할 수 있다는 생각에 감동하여 쓴 다음의 시가 불이의 신앙관을 잘 나타낸다.

산비탈 무밭에 핀 들국화모양
스님들과 그 독경 틈에 끼여

한 무리 가톨릭의 수녀들이

효봉 스님 영전에 꿇어서
연도의 합송을 하고 있다.

— 주여, 망자에게 길이 평안함을 주소서.
— 영원한 빛이 저에게 비추어지이다.

이 어쩐 축복된 광경인가?
이 어쩐 눈부신 신이神異런가?

서로가 이단과 외도로 배척하여
서로가 미신과 사도라고 반목하며
서로가 사갈蛇蝎처럼 여기는 두 신앙,

이제사 열었구나, 유무상통有無相通의 문을!

오직 하나인 진리를, 사람들이여
가르지 말라.

사람들이여, 오직 하나인 하느님을

가르지 말라.

나는 진공묘유眞空妙有의 이 소식 앞에

기뻐서, 너무나 기뻐서 흐느꼈다.

「모과 옹두리에도 사연이 70」 전문

기독교와 불교가 배척하지 않고 서로를 이해하는 유무상통有
無相通의 세계관에 도달하는 데 10년의 세월이 걸렸다고 편지
에서 고백했다.[57] 나중에 쓰게 되는 그의 연작시 「그리스도 폴
의 강」은 이러한 불이의 세계관에 바탕을 두고 인간주의적 신
앙을 펼쳐 낸 중요한 업적이다. 그는 그리스도 폴의 회심의 자
세, 즉 젊은 날의 방탕한 삶을 청산하고 사람들을 등에 업어
강을 건네주는 일만 하면서 오로지 예수라는 존재만 기다리
던 그 단순 소박한 수행 자세에 감동을 받고 그러한 수행을 자
신도 실천하고자 하는 마음으로 이 시를 쓰기 시작한 것이다.
말하자면 자기반성에 의한 구도적 수행이 시 창작의 출발점
이었다. 창작의 과정에서 그는 가톨릭 신앙에 바탕을 두고 불

---

57   구상, 『삶의 보람과 기쁨』, 홍성사, 2010, 295쪽.

교의 진리와 도교의 진수를 함께 아우르는 작업을 전개했다. 우리는 이 연작시에서 종교적 감화보다는 인간에 대한 신뢰와 사랑을 감지한다. 인간이란 이런 것이고 이렇게 인간은 서로 사랑해야 한다는 삶의 진실을 터득하게 된다.

일본에서의 결핵 치료와 새로운 문학의 의욕

구상은 1962년 5월 21일 오후 4시 노스웨스트항공 편으로 김포공항에서 동경으로 출국했다. 『경향신문』 동경 지사장 자격이었다. 무슨 임무를 맡아 구체적으로 어떠한 활동을 했는지는 기록에 남아 있지 않다. 이해 8월 3일 오후 6시 노스웨스트항공 편으로 본사와 업무 연락 차 귀국한 기록이 남아 있다. 이 시기는 작품 발표도 드물었다. 1963년 우연히 귀국했을 때 공초 오상순 선생이 위독한 상태에 놓여 있음을 알았다. 공초 선생을 적십자병원에 입원시켜 드렸으나 결국 6월 3일 오후 9시 37분 운명하고 말았다. 구상은 공초 오상순의 장례를 주관했다. 오상순 선생을 모신 지 10년이 넘었건만 실제로 옆에서 보필한 것은 몇 년 되지 않았다. 그래도 장례를 모시게 된 것

이 다행이었다. 구상은 공초 선생을 추모하는 추도사를 썼고
그 내용을 요약하여 다음과 같은 시로 남겼다.

해방 후 이 땅의 모든 사람들이
현실의 차안此岸에 쏠렸을 때
홀로서 정신의 피안彼岸을 지켜온 거인,

다방을 사원으로 교회로 도장道場으로 삼은
무교리의 종교가,

다방을 강단으로 교장敎場으로 삼은
초논리의 철학자,

하늘과 땅과 거리를 집으로 삼고
시를 체현한 시인,

선생은 이승을 떠나시며 나에게
"자유가 나를 구속했었다"라는
실로 엄청난 사세구辭世句를 남겼다.

「모과 옹두리에도 사연이 64」 부분

1964년 공초 오상순의 묘소에서. 앞줄 왼쪽부터 구상, 소설가 박종화, 시조시인 이은상

구상이 보기에 오상순은 지상의 세속적 자유에서 벗어난 대자유인이었다. 그것은 "자유가 나를 구속했었다."라는 오상순의 임종게에서도 확인된다. 시에 '사세구'라고 표현한 것은 오상순이 구상에게 남긴 마지막 말을 의미한다. 이 말은 여러 가지 뜻으로 해석될 수 있다. 구상이 보기에 오상순은 일정한 교리에 머물지 않고 해탈의 이상을 추구한 독창적인 종교가이고 논리를 넘어서서 삶의 실상을 통찰한 철학자이며 삶 자체가 하나의 시였던 특출한 인물이었다. 오상순의 장례식은 여학생과 승려와 모든 예술가와 일반 시민들이 함께 봉행한 범

시민적인 예식이었고 해방 이후 전무후무한 평화의 행진이었다고 특별히 기록했다. 구상은 국가재건최고회의 의장 박정희에게 부탁하여 오상순의 묘소를 수유리 빨래골 근처에 정하고 진입로 공사도 서울시에서 하도록 요청했다. 그것은 그대로 실현되었다.

『경향신문』 동경 지사장을 마치고 일본에서 귀국한 구상은 서울과 왜관을 오가며 생활했다. 서울 신당동 자택에는 초등학교 교사를 하는 작은처제 서영자가 가사를 돌보았고, 아내가 운영하는 순심의원이 있는 왜관 자택에는 큰처제 서영호[58]가 집안일을 보살폈다. 부인 서영옥의 두 여동생은 독신으로 수녀 같은 삶을 살며 평생 형부와 언니 가족을 보필했다.[59]

구자명의 회고에 의하면 왜관과 서울을 왕래하며 활동하던 아버지가 1965년에 각혈을 하고 근 1년간 서울 집에 누워 지냈다고 한다.[60] 반복되는 결핵 재발과 합병증인 천식 때문에 기력이 쇠진하여 거의 활동을 못했던 것 같다. 구상이 남긴 편지에 의하면 일본 병원에 입원해 있던 1966년 12월 12일이

---

58 오해를 피하기 위해 사족을 달면, 부인 서영옥은 원래 6녀 2남의 장녀인데 남자 형제 둘이 유아 사망하여 집안에서 아들을 바라는 마음으로 딸에게 남자 이름을 지었다고 한다.

59 구상은 개인 편지에서 이 두 처제를 애칭으로 '큰암마', '작은암마'로 호칭했다.

60 구자명, 『바늘구멍으로 걸어간 낙타』, 우리글, 2009, 160쪽과 170쪽.

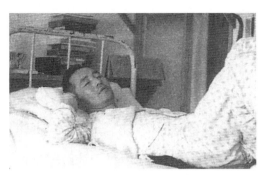

1966년 일본 기요세 오리모토 병원에서

자신이 몸져누운 지 1년이 된다고 했으니 1965년 12월부터 자리보전을 한 것이다. 부인 서영옥은 백방으로 수소문하여 일본 동경의 병원에서 최신 치료법을 시행한다는 소식을 듣고 구상을 기요세(淸瀨)의 병원에 입원시킨다.

구상은 일본 체류 기간 동안 자신의 사정을 왜관의 가족에게 편지로 상세히 알렸다. 딸 구자명에게 보내는 형식을 취했지만 '자명'은 "온 가족을 대신하는 총체 대명사"로 가족에게 자신의 상념이나 심정을 진술하게 토로했다. 구상은 일본에서 보낸 편지와 하와이대학교 초빙교수로 가 있던 때의 서간문을 합쳐 나중에 단행본으로 출판했다.

구상이 일본 하네다 공항에 도착한 것은 1966년 4월 22일이다. 동경에는 비가 내리고 있었다. 구상은 지인이 마련해 준

호텔에 투숙하여 병원에서 연락이 올 때를 기다리며 불안하고 서러운 마음으로 시간을 보냈다. 5월 6일에야 병원이 결정되어 동경 교외 기요세에 있는 오리모토 병원에 8일 오전에 입원했다. 사립 병원으로 규모가 커서 결핵 요양원이 15군데나 있고 입원 환자가 170여 명이나 되는 결핵 전문 병원이다. 두 달 가까이 검사를 받으며 지루한 시간을 보냈다. 그사이에 박정희 대통령이 수술과 치료에 필요한 상당한 금액을 보내와 새삼 우정에 감격하기도 했다.

결국 수술하기로 결정되어 7월 6일에 1차 수술을 했다. 흉곽을 절단하여 폐를 꺼낸 다음 공동을 절개하고 병소를 항생제로 소독하는 수술이다. 갈비뼈 네 대를 자르는 1차 수술 후 7월 27일에 다시 갈비뼈를 두 대 자르는 2차 수술을 했다. 그 와중에도 서울에 있는 고등학교 3학년인 맏아들의 학업 걱정을 하고 왜관의 둘째 아들과 딸 걱정을 하며, 우표 수집을 하는 둘째 아들에게는 우표를 사서 보내고 딸에게는 편지로 글씨 지도까지 했다. 엑스선검사를 통해 뼈를 자른 사이에 가성골假成骨이 형성되어 희미하게 뼈와 뼈를 이어 주는 신기한 사진도 볼 수 있었다. 6개월쯤 지나면 가성골이 완전한 뼈로 대체된다고 했다. 결핵균 검사를 하니 균의 전염성이 점차 줄어들었고 그에 따라 결핵약 복용을 조절했다. 복식호흡 치료를 받아 폐활량을 늘리는 재활 치료를 받았다. 그러나 두 차례 갈비뼈를 자르는 수술을 받았기 때문에 등허리에 움푹 파인 상처가 남았다.

이러한 회복기에 구상은 「밭 일기」 연작을 시작했다. 이 작품은 구상의 시가 긍정적인 주제로 변화하는 데 상당히 중요한 역할을 했다. 그가 체험한 육체의 재생이 「밭 일기」 연작으로 표현되었다고 해도 과언이 아니다. 그런 의미에서 「밭 일기」는 그의 시작 생활의 중요한 변곡점을 형성한다.

1966년 12월 15일에 24편을 완성했다고 했고 이듬해 정월 초하루 아침에도 「밭 일기」 작품 한 편을 썼다고 편지에 적었다. 3월 20일에 「밭 일기」 백 편의 초고가 끝났음을 3월 30일자 편지에 밝혔다. 연작시 「밭 일기」는 서울에서 간행되는 『주간한국』에 1967년 1월 1일부터 연재가 시작되어 4월 2일까지 총 13회에 걸쳐 101편이 발표되었다.[61] 이 「밭 일기」 연작은 따로 시집으로 간행되지 않았고 『구상문학선』(1975)에 30편, 『구상연작시집』(1985)에 60편, 구상문학총서 제3권 『개똥밭』(2004)에 61편이 수록되어 있다. 첫 발표지가 시사 주간지였기 때문에 문단의 주목을 받지 못했고 다른 연작 시집에 일부만

---

61 최도식, 「구상 시의 자연관에 나타난 생태의식 연구」, 『문학과환경』 8권 2호, 2009. 12, 198쪽.

수록되었기 때문에 전면적인 고찰이 이루어지지 못한 점이 아쉽다.

『구상연작시집』에 수록된 60편 연작시를 대상으로 살펴보면, 「밭 일기」는 밭을 소재로 했지만 전원의 아름다움이나 식물의 자연성만을 단독으로 노래한 것은 단 한 편도 없다. 「밭 일기」 연작시의 성격을 전형적으로 대변하는 작품은 「밭 일기 14」일 것이다. 이 작품에는 텃밭에서 농사일을 거드는 사람들이 여럿 등장한다. 4H클럽 서기를 하는 만식이, 농업학교를 나온 만식이 동생, 군대에서 돌아온 만수, 과수원집 재건회장, 바위 아들, 무쇠 영감, 조합 당번 등 모든 사람들이 자기에게 맞는 일을 맡아 협업을 하여 농사를 짓는 다양한 정경이 파노라마처럼 펼쳐진다. 구상은 모든 사람들이 어울려 사는 대동 평화 세상을 그리며 「밭 일기」 연작을 시도한 것이다. 이 연작의 바탕에는 인간과 자연이 윤리적으로 대등하다는 인식이 담겨 있다. 그것은 「밭 일기 26」에서 야생초의 이름을 인간과 관련지어 자세히 설명하면서 자연의 풀들이 저절로 태어나고 성장해서 제구실을 하는 것이 사람과 다름없다는 점을 역설하는 내용으로 연결된다.

1967년 3월이 지나면서 그의 건강이 회복되자 문학에 열정을 바치겠다는 생각이 새롭게 밀려들며 창작의 의욕이 더욱 강하게 솟아올랐다. 6·25의 혼란기에 시집을 간행하여 등단했을 뿐 문학보다 언론 활동을 많이 하고 결핵으로 누워 지낸 적이 많았기 때문에 「밭 일기」 연작을 제외하면 작품 수가 많지 않았다. 일본에 입원해 있던 40대 후반의 나이에 시작 편수가 200편이 못 된다고 편지에 아쉬움을 드러냈다. 이제 문학인으로서의 자각과 책임을 명확히 하고 창작에 임할 것을 다짐하고 있다.

종교적으로는 이때 성인 그리스도 폴의 행적에 감화를 받아 그 성인의 삶을 따르고 섬길 것을 약속했다. 그리스도 폴은 강에서 사람들을 업어 나르는 일을 하다가 자신이 희구하던 예수를 실제로 업는 기적을 겪어 성인이 된 사람이다. 구상은 그리스도 폴을 자신이 평생 존경하고 의탁하는 주보主保로 삼아 수양의 길로 나설 것을 다짐했다. "강이라는 일터와 남을 업는다는 그 심성이 무한히 좋다."고 했고 "강을 수덕장修德場으로 삼고 남을 업는 것을 수덕의 방법으로 택한 것은 동양적인 면모가 엿보인다."라고 했다. 그는 자신의 주보성인을 택하는 데도 서양과 동양의 융합을 염두에 두고 있었다. 「밭 일기」 연작을 진행하면서도 그의 머리에는 「그리스도 폴」 연작이 이미 기획되고 있었던 것이다.

병세가 안정기에 접어든 1967년 2월 맏아들 구홍이 한양

대학교 공과대학에 합격했다는 소식을 듣고 말할 수 없이 기뻐하고 딸 구자명이 1등을 했다는 소식에 환호의 편지를 보냈다. 중학교 3학년이 되는 둘째 아들 구성에게도 격려의 편지를 보냈다. 수술과 치료로 결핵균은 많이 제거되었으나 화학 요법의 부작용 때문에 몸의 상태를 보아 가며 약을 복용했다. 그래도 전보다 건강이 월등히 좋아졌기 때문에 동경 시내에 외출을 나가기도 하고 동경의 시나리오 연구소에 가서 시나리오 창작 공부를 할 계획도 세웠다. 오리모토 병원에 입원한 지도 일 년이 되어 5월부터 동경 시내의 나카노(中野) 진료소로 옮겨 보존 치료를 받게 되었다.

나카노 진료소로 옮기면서 시나리오 연구소에 오후에 세 시간씩 나가 창작 수업을 받았다. 졸업할 때 시나리오를 두 편 발표하기로 되어 있어서 귀국하면 그것을 가지고 영화화해서 한일 합작 영화라도 만들면 졸지에 신흥 부자가 될지 모른다고 농담을 하기도 했다. 그는 1967년 8월 4일 편지에 졸업 발표 작품의 하나로 「갈매기의 묘지」를 쓰고 있다고 하면서 "주제는 한일 간 인간관계의 문제의식을 다루는 것"[62]이라고 했다. 그러나 이 작품은 이미 월간 『세대』지 4월호에 발표한 것

---

62   구상, 『삶의 보람과 기쁨』, 홍성사, 2010, 319쪽.

이다. 이 작품의 일본어 제목 '가모메노 하카바' かもめのはかば까지 쓰고 있는 것으로 보아 한글로 발표한 작품을 일본어로 번역하여 작성하는 것인데 그 어려움을 가족에게 간단히 보고한 것 같다.

사실 이 작품은 이해 7월 세기상사가 제작을 맡아 이봉래 감독에 의해 촬영이 시작되어 제작 보고회도 가졌다. 출연진도 정해졌고 일본 교포 배우도 출연하고 교포 촬영기사도 참여하는 것으로 되어 있고 연말에 촬영을 끝냈다. 그러나 일본 배우가 나오고 일본 현지 장면이 많이 나온다는 이유로 상영 허가를 받지 못했다. 1982년 1월 28일 『경향신문』 기사에도 창고에서 사장된 영화로 보도되었다.

구상은 6개월간 학습한 시나리오 연구소를 1967년 9월 21일에 졸업하고 병원의 검사 결과도 모두 양호하게 나와서 수속을 밟아 11월 14일에 서울로 귀국했다. 이제 그에게는 질병에서 귀환하여 문학에 투신하는 새로운 길이 남아 있었다.

16

현실과의 불화, 탈주의 행운

일본에서 귀국하자마자 구상은 정비석, 김팔봉과 함께 월남 국군 문인 위문단에 참가하여 월남을 시찰했다. 1967년 11월 하순에 떠나 12월 10일에 귀국했다. 일찍이 대북 선무 공작에 참여했고 육군종군작가단 부단장을 지냈으며 민간인으로서는 처음으로 금성화랑무공훈장을 받은 전력이 있으니 전선시찰자로서 누구보다 충분한 자격을 갖추고 있었다. 월남 시찰 후 소감의 기록은 『한국일보』에 발표했다. 이 글을 보면 월남 전쟁과 국군 파병에 대한 그의 사고가 그리 긍정적이지 않음을 짐작할 수 있다.

그것은 "월남 전쟁이나 국군 파월을 긍정하건, 부정하건 한국인으로서는 우리 젊은이들의 장한 에너지에 우선 감탄하지 않을 사람이 없으리라."[63]라는 말에서 감지된다. 당시 지식인들이 월남 파병에 반대를 많이 한 점을 알고 있었기 때문에 "부정하건"이라는 단서를 붙인 것이다. 반공전선을 내세우고 민주 우방을 돕는다는 명분으로 파병한 것이지만 타국의 전쟁에 한국의 젊은이들이 참전하여 피를 흘린다는 사실이 가슴 아프게 다가왔을 것이다. 그래서 명분이나 정당성은 뒤로 돌리고 젊은 군인들이 보여 준 강인한 에너지를 우선 칭찬한 것이다. 이어서 그는 한국군이 다른 군대에 비해 자주성과 독창성을 발휘하고 있음을 높이 평가했다. 여기 사용한 '자주성'이란 말도 눈여겨볼 필요가 있다. 그는 한국인으로서의 자주적 참여를 은근히 기대하고 있는 것이다. 그럼에도 불구하고 월남인들이 한국군을 대하는 태도가 우호적이 아님을 우려하고 있다. 월남인들이 한국군을 대하는 태도가 "6·25 동란 때 유엔군을 향한 인식과 심정과는 너무나 거리가 먼 것"[64]이라는 사실에 그는 당황하고 있다.

이에 대해 미국의 참전에 편승해서 한국군이 참전했기 때문에 월남인들이 한국군을 미국군과 동렬에서 보고 있고 그결과 부정적인 시각으로 한국군을 바라본다고 언급했다. 이

63　구상, 「월남전선 기행」, 『모과 옹두리에도 사연이』, 홍성사, 2002, 222쪽.

64　위의 책, 227쪽.

1967년 월남 시찰. 왼쪽부터 사령관 채명신, 구상, 소설가 정비석과 김팔봉

지적은 당시로서는 매우 전향적인 것이었다. 월맹의 지도자 호지명에 대한 일반 민중의 감정도 김일성을 적대시하는 것과는 다르며 호지명은 월남 민중들에게 프랑스군을 물리친 영웅으로 남아 있다는 매우 날카로운 현실 인식을 당당하게 논설에 피력했다. 여기에 비해 월남 정부나 군대는 썩을 대로 썩었고 민주화를 위한 개선 의지는 보이지 않는다는 점도 한탄스럽게 지적했다. 언론인으로서의 예리함이 돋보이는 대목이다.

이러한 분명한 현실 인식에 근거하여 구상은 월남의 현실이 아직 한참 멀었다는 느낌을 받았다고 에둘러 표현했다. "이

'멀었다'는 느낌 속에는 우리 파병의 목표인 월남의 민주주의적 평화 건설도 포함되지만 더 많이 근원적인 인류 역사에 대한 탄식이 섞여 있다."[65]고 애매한 표현을 했다. 한국의 젊은 군인들이 아무리 노력해도 월남의 민주주의적 평화가 건설되는 것은 요원한 일이라는 뜻을 암시한 것이다. 그것을 단적으로 표명하지 않고 인류 역사에 대한 부정적 전망으로 모호하게 처리한 것은 당시의 정치 상황을 고려한 발언으로 보인다. 박정희 대통령이 결정한 월남 파병을 부정적으로 비판하는 것은 구상으로서 어려운 일이었을 것이다.

이때 월남을 시찰하고 쓴 유일의 작품이라고 단서를 붙인 시가 「월남기행」이다. 꽤 길이가 긴 이 시의 마지막 부분은 "백지 위에/선혈로 그려진/의문부/〈?〉/그게 무엇이겠느냐?"로 끝난다. 판단 미정의 상태로 의문부를 남기고 시를 끝맺는 것으로 보아 그는 우리 민족과 인류 전체의 당면 문제 앞에서 월남의 전쟁과 해방이라는 주제에 대해 어떤 결론을 내리지 못하고 계속 고민하고 있었음을 알 수 있다. 박정희 대통령과 친한 사이고 일본에서의 치료 과정에서 대통령의 경제적 후원도 받은 처지에 월남 파병을 단적으로 부정할 수는 없었

---

65   위의 책, 229쪽.

을 것이다. 그래서 구상은 모호한 어조로나마 월남전의 모순과 파병의 부조리함을 암시한 것이다. 1년 반의 공백을 넘어 귀국하여 정부의 지원을 받아 시행한 첫 작업인데, 그것에 상투적으로 임하지 않고 지성인으로서의 양심을 엄연히 지키려 한 데서 구상의 지성적 위엄이 강하게 느껴진다. 이 시는 나중에 자전적 연작시 「모과 옹두리에도 사연이」에 71번으로 수록되었다.

『가톨릭신문』 논설위원으로 산문과 시를 발표하던 구상이 1970년 봄 하와이대학교 아시아·태평양어학과에 초빙교수가 되어 출국하게 되는데 이것은 그에게 중요한 행운의 기회였다. 그와 깊은 우정을 나누었던 박정희 대통령은 국가 경제 발전에 뜻을 세우고 세 번째 대통령이 될 계획을 세웠다. 그것이 1969년 9월 국회에서 변칙적으로 통과된 3선 개헌안이었다. 이 개헌안은 10월 17일 국민투표를 통해 확정되었다. 많은 국민들이 이에 반대하는 시위를 벌였고 장기 집권이 독재로 변질되는 것을 우려했다. 가톨릭 쪽에서도 진보적인 신앙인들은 민주화를 요구하며 3선 개헌에 반대하는 입장을 취했다. 월남 파병에 대해서도 유보적인 입장을 취했던 구상은 박정희 대통령의 장기 집권 계획에 대해서도 유사한 태도를 보였다. 이것은 박정희 대통령에게 부담으로 작용했을 것이다.

이때 구상과 친분이 있던 장택상 전 총리의 사위인 중국인 양각용楊覺勇 박사가 하와이대학교 아시아·태평양어학과 학과장으로 있어서 구상을 초청하게 되었다. 이것은 하와이대학교에서 마련한 프로그램(Scholar in Residence)에 의한 것으로 전년도에 일본의 가와바타 야스나리(川端康成)에 이어 두 번째로 초청된 것이다. 국내 정치 상황에서 곤혹스러운 위치에 있던 구상으로서는 잠시 현실을 떠나는 기회가 되고 경력을 쌓을 수 있는 계기도 되었다.

기록에 의하면 구상은 1970년 3월에 출국하여 하와이에 도착한 후 4월부터 주당 네 시간씩 강의를 했다. 박정희 대통령은 우정을 잊지 않고 전별금을 보내 구상을 위로했다. 구상이 맡은 과목은 '한국문학'과 '한국어 연습'이었다. 구상은 대학 생활에 적응하기 위해 영어 학습반 수업도 듣고 도서관에서 자료를 찾아 수업 준비를 했다. 숙소는 조 존슨이라는 젊은 미국 학생 내외의 집으로 정하고, 영어 사전을 들고 다니면서 주인과 대화를 하느라고 고생을 했다. 한국 교민과 유학생을 만나 도움을 받기도 했지만 그것은 어쩌다 있는 일이고, 혼자서 독수공방의 외국 생활을 개척해 갔다. 한국인 교회에 초빙되어 '현대 기독교 작가의 문제의식'이라는 제목으로 강연을 해서 매우 좋은 반응을 얻었다. 그 후에 이어진 특강도 좋은 반응을 얻어 의기가 솟구쳤다.

당시 한국어 전공 학생은 32명으로 많은 듯 보이지만 일본어 전공 1,200명, 중국어 전공 300여 명에 비하면 적은 수였다. 한국어반 교수로는 국문학계에 피터 리로 알려진 이학수 교수, 언어학 전공의 이동재 교수와 박재두 교수가 있었고, 중국어를 담당한 박승빈 교수, 일본어를 담당한 송진오 교수가 한국인 교수로 있었다. 구상은 한국의 시, 시조, 소설, 수필 등을 감상하는 수업을 진행했다. 통역을 두고 '한국 고대 시가와 그 설화에 나타난 인간상'이란 제목으로 공개 강연을 했는데 주로 향가에 대한 내용을 강의했다. 남아 있는 강연문 초고를 보면 한글과 영어가 섞여 있는 독특한 형식으로 되어 있다. 구상은 현지 학생들을 생각해서 영어로 표현할 수 있는 것은 영어를 사용해서 강연한 것이다.

처음에는 한 학기 강의 예정으로 초빙되었는데 한 학기 연장 통보를 받았다. 2학기에는 조 존슨의 집을 떠나 학교 구내 교수 아파트가 배정되어 월 75달러의 저렴한 비용에 사용할 수 있게 되었고, 교수실도 독립된 연구실이 배정되어 연구와 강의에 유리하게 되었다. 구상은 이것이 영어 학습에 힘을 기울인 결과라고 하며 한국의 아이들에게도 영어 공부에 힘쓸 것을 당부했다. 요리하는 것도 혼자 익혀서 한국의 식구들이 방문하면 자신의 솜씨를 자랑할 수 있을 것이라 했다. 공개 강연이 좋은 반응을 얻어 강의가 지속되자 외국에 나온 교수로서 나처럼 공개 강연을 많이 하는 사람도 없을 것이라고 자화자찬했다. 11월부터 『현대시학』에 「모과 옹두리에도 사연이」를 연재하기 시작했다. 학과장 양각용 박사의 장인인 창랑 장택상의 전기를 윤문하는 일도 맡았다. 그는 일 년의 강의가 끝나는 12월에 아내를 초청하여 방학을 같이 보내고 1971년 2월에 미국 여행을 함께한 후 3월에 서울에 도착했다.

하와이 체류 시절 그가 쓴 다음 시를 보면 하와이의 아름다운 풍광에 매혹을 느끼면서도 그의 내면에는 조국에 대한 애정과 연민이 선명하게 흐르고 있음을 엿볼 수 있다. 극락 같은 하와이의 경관 속에서도 가난하고 누추한 조국의 모습을 잊지 못하고 저승에 가서도 그 모습을 잊지 않을 것이라고 시에 썼다.

기름진 자연과
고른 세상살이 이 속에서
우리 그 버짐 먹은 산
여윈 시내
뒤틀린 소나무

우릿간 같은 집과

우중충한 얼굴들이

어이 이처럼 애절하다지?

이럴작시면 내사 죽어

극락에 든들 못 잊지 못 살지!

「모과 옹두리에도 사연이 75 − 하와이 사생초」 부분

서울에서 다섯 달을 보내고 그는 하와이대학교의 2차 초청을
받아 1971년 8월 하와이로 다시 돌아왔다. 9월 7일부터 강의
를 재개하여 1년간 두 학기 강의를 더 하기로 했다. 그사이에
월남에 자원해 갔던 맏아들 홍이 군복무를 마치고 집에 돌아
왔다. 구상은 기쁨에 넘쳐 만세를 외치고 싶은 심정이라고 편
지에 썼다. 딸 자명에게 자신이 하와이에 있을 때 이곳으로 유
학 와서 적응해 보자고 권했다. 서울의 가족은 신당동 집을 팔
고 여의도 시범아파트로 이사할 계획을 세웠다. 이러는 사이
에 하와이대학교의 학과 이름이 극동어학과로 바뀌어 더 세
분된 전공 이름의 과에서 강의를 하게 되었다.

이 시기에 서울대학교 철학과 김태길 교수도 수석 연구원
자격으로 하와이대학교에 초청되었다. 김태길은 1971년 9월

부터 1972년 7월까지 1년간 하와이에 체류했다. 김태길이 구상보다 한 살 아래였으므로 호형호제를 해도 되었으나 둘 다 격식을 차리는 스타일이었기에 서로 존대하며 지냈다. 김태길은 한국 유학생들 모임에 가끔 초대받았는데 3·1절 기념 모임에 참석했더니 구상이 크고 낭랑한 음성으로 독립선언문을 낭독했다고 회고했다. 그만큼 구상이 하와이 유학생들에게 '큰 어른'으로 자리 잡고 있었음을 알 수 있다. 구상은 철학과 교수인 김태길에게 한국인들에게 '존재론적 사유'가 부족하다는 말을 가끔 했다고 한다. 나라는 존재가 어떤 존재이고 이 세상을 어떻게 살아가야 하는지 성찰하는 자세가 부족하다는 뜻일 것이다. 이러한 말을 했다는 것은 구상 자신이 그런 문제에 대해 늘 깊이 사유했다는 것을 드러낸다.

1972년 새로운 학기를 맞아 개강 초에 '한국시에 나타난 한국동란'이라는 제목으로 공개 강연을 했다. 자신의 체험이 투영된 강의였을 것이다. 이어서 한국어 수업 교재를 편찬하고 교과서 개발에 착수했다. 딸 자명은 계성여고에 합격하여 진학하게 되었는데 구상은 계속해서 하와이 유학을 생각해 보라고 권유했다. 1학기로 접어든 4월에 구상은 하와이대학교의 권유를 받아들여 1년 더 체류를 연장하기로 했다. 그렇게 되자 구상은 자명의 하와이 유학을 더욱 강하게 권유했다.

1학기가 끝나고 방학이 되자 구상은 한국에 가서 자명을 데리고 일본에 연수차 가 있는 아내를 방문할 계획을 세웠다. 결국 6월 초순에 귀국해서 서울에서 한 달쯤 보내고 8월 중순에 자명을 데리고 일본으로 가서 열흘간 아내를 방문한 후 하와이에 8월에 도착했다. 딸과 하와이 생활을 시작하는 것이 자못 흥겨워서 아들 홍이에게 쓰는 편지에 기쁨이 넘치는 마음을 전했다. 자명이 "수굿하고 자연스러워서 내 주위 사람들에게 아주 인기다."라고 칭찬했다. 11월에 보낸 편지에서 자명이 학교생활에 익숙해졌고 서울에서보다 더 활발해진 것 같다고 긍정적인 반응을 보였다.

　구상은 1973년 1월 방학을 이용하여 한국에 돌아왔다. 큰아들 홍이 대학을 중퇴하는 것을 막으려는 의도가 있었고, 둘째 성이 군에 입대하게 되어 전송하려는 뜻도 있었다. 표면적으로는 자신의 강의 자료 수집을 취지로 내세웠다. 구상은 구홍도 하와이에 유학시키기 위해 노력하였으나 뜻대로 되지 않았다. 구상은 5월 말에 1학기 강의를 마치고 3년 동안의 하와이 생활을 정리하고 8월에 귀국할 계획을 세웠다. 고별 강연으로 '구미歐美 시와 비교한 한국 서정시'를 발표하고 귀국할 준비를 했다. 자명과 함께 7월 14일에 일본에 가서 아내와 함께 2주일쯤 머무르다 8월 초에 서울에 들어왔다.

하와이에서 딸 구자명과 함께

1973년 귀국했을 때 그의 나이가 우리 나이로 55세였다. 그는 만년의 새 출발을 한다는 의미에서 "붓 한 자루에 삶 전체를 몰아가려" 한다고 다짐했다. 그것도 "시에다 정혼精魂을 기울일 것이다."[66]라고 했다. 한편으로는 아버지의 말을 잘 따르지 않는 두 아들을 걱정하며 "이제 아버지는 좀 더 너희 형제와 밀착해서 생활하며 인생의 좋은 상담자가 되어 볼 작정이다. 또 이것을 아버지의 최상의 보람으로 삼을 것이다."[67]라고 했다. 귀국 후 그의 삶의 과정을 보면 앞의 소망은 결실을 보았으나 뒤의 희망은 제대로 이루어지지 못한 것 같다.

---

66 구상,『삶의 보람과 기쁨』, 홍성사, 2010, 383쪽.

67 위의 책, 385쪽.

17

암울한 현실로의 귀환

1973년 8월 하와이에서 귀국했을 때 국내의 사정은 그가 하와이로 떠날 때보다 더 나빠져 있었다. 박정희 정권의 유신 통치가 진행되고 있어서 몇 차례의 긴급조치가 발동되어 국민의 기본권을 억누르던 상황이었다. 구상이 하와이로 나간 1970년 봄부터 귀국한 1973년 여름까지의 정치 상황을 간단히 정리하면 다음과 같다.

1969년 9월 국회에서 변칙적으로 통과된 3선 개헌안이 10월 17일 국민투표를 통해 확정되었다. 이에 따라 1971년 4월에 시행된 대통령 선거에서 박정희는 김대중 후보를 간신히 누르고 재집권에 성공했다. 그러나 장기 집권의 야심을 품은 박정희 정권은 국민의 직접선거 형태에서 벗어난 새로운 정치체제를 구상하는 작업을 비밀리에 기획했다. 1972년 제3차 경제개발 5개년 계획을 발표하여 미래의 화려한 청사진을 제시하고, 민심 전환 차원에서 1972년 7월 4일 남북공동성명을 발표하여 국민적 저항을 희석하려 했지만, 장기 집권과 독재화를 비판하는 국민의 저항이 끊이지 않았다. 결국 1972년 10월 17일 전국에 비상계엄령을 선포하고 27일에 유신헌법 개정안을 공표하였으며 11월 21일 국민투표로 개헌이 확정되었다. 유신헌법에 의해 12월 23일 대의원들의 간접선거로 박정희가 제8대 대통령으로 당선되었고, 27일 취임하여 제4공화국이 출범했다.

1965년부터 진행된 월남 파병에 의해 전쟁 특수를 탄 우리 경제는 공업화에 의한 수출 주도형 체제로 전환하면서 경제 수치로 볼 때 비약적인 발전을 이룩했다. 제2차 경제개발 5개년 계획이 끝난 1971년의 국민총생산(GNP)은 시작 연도인 1966년 국민총생산의 두 배를 넘었으며, 수출 또한 목표치의 두 배를 넘는 성과를 보였다. 이와 발을 맞추어 현대, 선경, 삼성 등의 재벌 기업이 나타나기 시작했다. 이 시대를 관통한 구호는 '조국 근대화'였고 국민들에게는 '근검, 절약, 저축'의 덕목이 강조되었으며, '잘살아 보세'라는 노래가 전국에 울려 퍼졌다.

유신 체제의 출범과 더불어 정부는 경공업 중심에서 중화학공업 중심으로 방향을 바꾸어 경제구조의 변화를 도모했고, 산업구조 개편을 통해 본격적인 산업사회로의 진입을 추진했다. 그 결과 연평균 40% 정도의 수출신장률과 8.9%의 경제성장률을 기록하여 개발도상국 중 고도성장의 모델이 되었다. 그러나 이러한 외형적 발전은 우리가 유지해야 할 귀중한 권리의 희생을 전제로 한 것이었다. 국민의 기본적 자유를 법적으로 제한하고 민주화를 요구하는 다수 대중의 의사를 강제적으로 억압한 데서 얻어진 경제 수치상의 발전이었다. 이 시기를 흔히 개발독재의 시대로 부르거니와, 외국에서는 한국의 민주주의가 10년 후퇴했다는 평가를 내렸다.

구상은 이러한 정치 상황을 목도하면서 옛날 6·25 때부터 우정을 나누었던 박정희가 독재자로 변해 가는 정치적 상황에 실망했고 경제 발전의 영향으로 황금만능주의로 기울어 가는 사회현상에도 환멸을 느꼈다. 그러한 자신의 심정을 다음 두 편의 시로 표현했다.

그는 샤먼이 되어 있었다.

그 장하던 의기가

돈키호테의 광기로 변하고

그 질박하던 성정이
방자로 바뀌어 있었다.

오랜 역려逆旅에서 돌아온 나는
권좌의 역기능으로 굳어진
그 친구를 바라보며

공동묘지의 갈가마귀 떼처럼
활자마다 지저귀는 신문과

신의 무덤에 나아가
까마귀 떼처럼 우짖는
군중 속에서

원가怨歌가 없어
더욱 가슴 아팠다.

　　　　　　　　　　「모과 옹두리에도 사연이 77」 전문

각설, 이때에 저들도
황금의 송아지를 만들어 섬겼다.

믿음이나 진실, 사랑과 같은
인간살이의 막중한 필수품들은
낡은 지팡이나 헌신짝처럼 버려지고
서로 다투어 사람의 탈만 쓴
짐승들이 되어 갔다.

세상은 아론의 무리들이 판을 치고
이에 노예근성이 꼬리를 쳤다.

그 속에서도 시나이 산에서 내려올
모세를 믿고 기다리는 사람들이
외롭지만 있었다.

자유의 젖과 꿀이 흐르는
가나안!
후유, 멀고 험하기도 하다.

「출애급기 별장」 전문

6·25 전쟁 중 대구 종군작가단 시절에 맺어진 두 사람의 우정은, 구상이 1962년 『경향신문』 동경 지사장으로 갈 수 있도록 배려하고 1966년 동경에서 폐 수술을 받을 때에도 병원비를 지원하고 1970년 하와이 교수 파견 때도 상당한 전별금을 보낼 정도로 오랫동안 이어졌다. 그러나 30대에 대했던 박정희의 소박한 성정이 방자한 권력욕으로 바뀌고 나라의 위기를 걱정하던 순수한 의기가 "돈키호테의 광기"로 변했다고 표현했으니 구상의 실망이 얼마나 컸는지 짐작할 수 있다. 신문도 제구실을 못해서 "공동묘지의 갈가마귀 떼처럼" 아우성만 치고 교회도 세속화되어 사람들에게 올바른 길을 인도하지 못한다고 보았다. 그는 신라 향가 「원가」를 끌어와 자신의 심정을 간접적으로 표현했는데, 이것은 그가 하와이대학교에서 한국 문화를 강의하기 위해 새롭게 공부해서 알아낸 내용일 것이다.

「원가」는 신라 효성왕 때 신충이 지은 향가다. 효성왕이 왕이 되기 전 신충과 친하게 지내며 자신들의 신의가 잣나무처럼 변치 않을 것이라고 약속했다. 그러나 왕이 된 다음에 그 일을 잊어버리자 신충이 노래를 지어 잣나무에 걸었더니 나무가 누렇게 시들어 버렸다는 설화가 전하는 노래다. 효성왕이 시든 잣나무에 걸린 노래를 보고 자신의 잘못을 뉘우치고 신충을 등용하였다고 한다. 요컨대 효성왕의 잘못을 깨닫게 한 「원가」 같은 노래가 없어 박정희 대통령의 잘못을 깨닫게 할 수 없음을 한탄한 것이다. "더욱 가슴 아팠다."라는 구절에서 박정희 대통령을 진심으로 위하는 구상의 마음을 읽을 수 있다.

두 번째 작품은 『구상문학선』에 수록된 것으로 경제 발전의 표면적 상황에 도취되어 저마다 돈을 추구하는 사회 분위기를 비판한 것이다. 출애급기, 곧 탈출기에 나오는 아론은 이집트 노예살이에서 벗어난 유대 민족에게 황금 송아지를 만들어 숭배하게 한 죄를 지은 인물이다. 아론과 같은 무리들이 우리 사회에 판을 치고 있다고 질타한 것이다. 믿음과 진실과 사랑은 팽개치고 금력과 권력을 추구하는 천박한 노예근성이 팽배해 있음을 비판했다. 이렇게 타락한 사회현상 속에서 모세가 가고자 했던 이상적인 공간, 가나안의 복지로 가는 길은 멀고 험하다고 한탄했다. 이 작품은 나중에 자전적 연작시 「모과 옹두리에도 사연이」에 78번으로 수록되었다.

앞의 작품에 까마귀가 소재로 나오는데 여기서의 까마귀는 타락한 사회의 인간 군상이 무질서하게 아우성치는 모습을 비유한 것이다. 구상은 까마귀를 매개로 사회 비판 의식을 표현한 연작시를 발표했다. 그 연작시는 「까마귀」라는 제목으로

1976년부터 1980년까지 발표된 10편의 작품이다. 물질만능과 기능 위주로 치닫는 시대상을 비판한 우화 형식의 작품이다. 이 작품에는 구상의 실험 정신도 개재해 있다. 그는 시 낭송회에서 「까마귀」 연작시를 낭독할 때 시에 나오는 "까옥 까옥 까옥 까옥"이라는 의성어를 마치 가슴 저 깊은 곳에서 끄집어내듯이 목 쉰 음색으로 읊었다고 한다. 그 까마귀 소리는 탐욕과 죄악의 현실을 향해 던지는 비판의 육성이자 재앙의 종말을 경고하는 선지자의 외침이었다. 그는 맨발의 야인 요한의 부르짖음처럼 타락한 사회에 경종을 울리는 심정으로 까마귀 소리를 내고 싶었던 것이다. 그만큼 그가 인식한 현실은 암울하고 참담했다.

시의 새로운 개안

이 시기 간행된 『구상문학선』(1975)은 『초토의 시』(1956) 이후 19년 만에 나온 작품 선집으로 매우 중요한 의미를 지닌다. 특히 그동안 써 온 시를 선별하여 싣고 있기 때문에 구상의 대표작이 정선된 작품집이라 할 수 있다. 선집 첫머리에 실린 「나」나 「선정禪定」 또는 「비의秘義」, 「어느 꽃씨의 전설」 같은 작품에 구상의 사상적 입지와 독자적인 개성이 잘 나타나 있어서 그의 시가 어떻게 변했는지도 알려 준다. 선집의 머리말에 의하면 1973년 귀국한 이후 성바오로출판사 수녀님들이 책을 내자고 제의하여 15년 동안 팽개처 두었던 원고를 수합하여 몇 번 망설인 끝에 내게 되었다고 했다. 그는 스스로 시인으로 명기名器가 아니고 창작에 정혼精魂을 기울여 온 사람이 못 된다고 겸양의 말을 했다. 연작시 「밭 일기」 100편에서 30편을 고르고, 단시 300편 중 50편을 고르고, 그 외의 연작시 일부에 산문과 희곡, 시나리오도 한 편씩 넣어서 종합 선집을 내게 된 것이다. 책의 표지로는 옛 친구 이중섭이 그려 두었던『민주고 발』의 장정을 얻어 표제만 바꾸어 사용한다고 했다. 이미 세상을 떠난 지 오래되었지만 이중섭과의 우정을 다시 되새기게 하는 장면이다.

『구상문학선』시 부문 첫머리에 수록된 「나」는 이 시기 구상의 세계관을 알려 주는 매우 중요한 작품이다. 이후 간행된 구상의 시선집에 늘 앞머리를 차지한 것으로 보아 시인 자신도 중요하게 여긴 작품임에 틀림없다. 이 작품은 원죄를 지닌 인간 존재인 '나'가 새로운 인식에 눈을 뜨면 우주 전체와 합일된 영원 충만의 '나'가 될 수 있다는 독특한 존재론을 담고 있다.

내 안에 사지를 버둥거리는
어린애들처럼
크고 작은 희로애락의 뿌리
그보다도

미닫이에 밤 그림자같이

꼬리를 휘젓는 육근六根이나 칠죄七罪의

심해어深海魚보다도

옹기굴 속 무명無明을 지나

원죄와 업보의 마당에

널려 있는 우주진宇宙塵보다도

또다시 거품으로 녹아 흐르고

마른 풀같이 바삭거리는

원초原初와 시간의 지층을 빠져나가서

사막에 치솟는 샘물과

빙하의 균열, 오오 입자의 파열!

그보다도

광막한 우주 안에

좁쌀알보다 작게 떠 있는

지구보다도

억조광년의 별빛을 넘은

허막虛漠의 바다에

충만해 있는 에테르보다도

그 충만이 주는 구유具有보다도

그 반대의 허무보다도

미지의 죽음보다도

보다 더 큰

우주 안의 소리 없는 절규!

영원을 안으로 품은 방대厖大!

나.

「나」 전문

육신을 가지고 태어난 나의 내면에는 세속의 욕망이 들끓는
다. 희로애락의 감정이 철없는 어린애들처럼 사지를 버둥거리
며 밖으로 뛰쳐나오려 몸부림친다. 어찌 그뿐인가? 불교에서
말하는 여섯 가지 감각으로 짓는 죄업, 기독교에서 말하는 일
곱 가지의 큰 죄, 그것들은 어두운 마음 깊은 곳에서 심해어의
지느러미처럼 음산한 움직임을 보인다. 무명과 원죄와 업보가
쌓인 광막한 우주에는 우주진이 공간을 가득 메우고 있다. 무

젊은 날 서울 명동성당 앞에서

한한 시간과 공간의 흐름으로 보면 지구는 좁쌀알보다 작다. 우주 전체의 크기가 얼마인지 알 수 없고 별과 별 사이의 거리가 수억 광년이라고 하나 우리의 상식으로는 크기와 부피를 헤아릴 길이 없다.

우주의 한 좁쌀에 해당하는 이 지구에 살고 있는 인간 존재는 그러면 어떠한가? 천지를 창조하신 주님의 가르침을 따르면 성령과 통하고, 그것을 따르면 인간은 모든 것이 다 갖추어진 충만 속에 존재한다고 한다. 그것과 반대로 방대한 우주에 비해 너무나 작은 지구, 그곳에서의 하찮은 삶을 허무로 부정해 버리는 사람들도 있다. 그러나 구상은 이 양자를 다 초극하려 한다. 인간 존재, 그중의 하나인 '나'는 영원과 무한을 다 포괄한 더 큰 표상이라는 것이다. 이것은 일찍이 나온 적 없는 독특한 존재론이다. 어찌 보면 불교 화엄종의 세계관처럼 보이는 이 존재관은 20대 일본 유학 시절의 불교 학습, 그의 긴 투병과 일본에서의 수술, 하와이 체류기의 서구 문화 접촉 등을 통해 종합된 그의 독자적인 세계관이라 할 수 있다.

이 시집에 나오는 「성탄절 고음苦吟」은 가톨릭 신자로서 현실의 부패상을 비판하고 그것이 불러올 파국에 대해 경고하는 내용이다. 앞에서 언급한 것처럼 그는 이 시기에 선지자의 분노의 어법을 사용하여 현실을 비판하고 타락을 경고하는 시를 여러 편 발표했다.

구유 위에 당신을 첫 조배하던
목동들의 순박한 기쁨과
그 외양간의 단란마저 깨진

교회당,

당신 왕국의 건설을 두려워하는
헤로데와 그 군사들이
이 밤도 당신의 새순을 자르기에
눈 뒤집혀 지새우는 크리스마스,

복음을 쇼윈도의 구슬 옷처럼
조명에 따라 변색시키는
당신의 제자들과
그 열광의 무리와
바리사이파들에게 오늘도 에워싸인
당신,

자캐오처럼 나무에 올라
한 마리 까마귀 영혼이 우짖는다.

"나와 우리의 이 주박呪縛에
눈을 돌려주소서."

「성탄절 고음苦吟」 전문

고음苦吟이란 괴로운 마음으로 읊조린다는 뜻이니 축복과 찬양의 노래를 불러야 할 성탄절에 괴로운 마음을 표현하게 되었다는 뜻이다. 성탄절은 예수가 탄생하신 날이다. 아기 예수를 낳은 마리아와 요셉 주위에 몇 명의 목동들이 축하하고 멀리서 온 동방박사 3인이 경건하게 예배한 날이다. 말구유에서 태어나신 것은 가장 비천한 곳에 가장 존귀한 분이 임하셨다는 상징적 의미를 갖는다. 그러나 순박한 기쁨과 단란한 화합의 표본이 되어야 할 교회가 헛된 치장과 과장된 소동으로 얼룩져 본래의 뜻을 상실했다. 새로운 세상의 왕이 될 씨앗을 없애기 위해 헤로데의 군사들이 무참한 살육을 펼친 것처럼 죄악의 무리들이 순결의 새순을 자르기 위해 사악한 작태를 저지르고 있다. 주님의 복음을 상품 진열대의 장식물처럼 화려하게 꾸미는 위선의 무리들이 위세를 떨치고 있다. 예수 당대보다 더한 위선적 율법에 치중하는 현대판 바리사이들이 큰소리를 치고 있다. 이런 상황이니 예수의 탄생일인 성탄절이 예수를 더욱 외롭게 고립시킨다고 구상은 예언자적 회의를 표명하고 있는 것이다.

여기서 구상은 성서에 나오는 자캐오라는 인물을 떠올렸다. 자캐오는 예리코라는 마을의 세관장이었고 그래서 사람들에게 배척받는 인물이었다. 예수가 마을에 들어섰을 때 군중들이 예수 앞으로 몰려들어 키 작은 자캐오는 예수를 볼 수 없었다. 그는 예수를 보기 위해 나무 위에 올라가 매달렸다. 예수는 나무 위의 자캐오를 보고 "자캐오야, 얼른 내려오너라. 오늘은 내가 네 집에 머물러야 하겠다."라고 말했다. 비천한 신분이었으나 진심으로 예수를 친견하려 하고 그의 가르침을 따르려 한 자캐오를 떠올리며 구상은 그 자캐오처럼 나무에 올라 구원의 부르짖음을 외치고 싶다고 표현했다.

구상은 '주박呪縛'이라는 한자어를 사용했다. 이 말은 저주의 속박이라는 뜻이다. 위선과 죄악에 사로잡혀 있는 우리의 처지에 눈길을 돌려 달라고 간청한 것인데, 구상의 진심은 그런 소망의 표출에 있는 것이 아니다. 자캐오처럼 진심으로 갈망하고 진심으로 예수의 뜻을 따를 때 현재의 패악과 타락에서 벗어날 수 있게 된다는 뜻을 전하고 싶었던 것이다. 이후 현실의 타락을 고발하고 진정한 신앙을 고취하는 그의 종교시의 주제는 더욱 심화되고 확장된다.

이 시집에 실린 「어느 꽃씨의 전설」은 앞에서 본 작품들과는 다른 특징을 보여 준다. 이 시에는 꽃씨의 윤회 과정이 나타나는데 이것은 불교적 윤회가 아니라 생명의 윤리적 윤회에 해당하는 독특한 발상을 보여 준다. 서울 남산 팔각정에서 풍선에 매달아 띄운 꽃씨는 장충단 성 밑 순이네 깡통집 뒤꼍에 떨어지고, 거기서 피어난 꽃의 씨는 위문편지에 담겨져 일선 병사의 참호 입구에 심어지고, 그 병사가 받은 꽃씨는 배낭에 담겨 월남 다낭 기지로 옮겨 가 병영 마당에 심어졌지만 열사의 태양에 말라 죽었고, 간호장교가 나누어 간 꽃씨는 병원 안 빈 약통에 심어져 봉오리가 맺혔으니 이 꽃이 "아오자이 소녀의 새끼손가락에 물이 들게 될는지"는 두고 보아야 알 일이라고 했다. 이 생명 윤회의 과정은 인간이 사소하게 벌인 행위가 얼마든지 다른 의미로 확장될 수 있다는 인생의 신비, 우주의 신비를 아주 쉬운 맥락으로 재해석해서 표현한 것이다.

이와 같은 다양한 작품으로 구성된 『구상문학선』은 그의 과거 시작을 정리하는 선집이자 독자적인 문학관과 세계관에 입각하여 새로운 문학을 개척하기 위한 하나의 중간보고서의 의미를 지닌다. 그는 이 작품집 발간 이후 자신의 개성적 육성을 거리낌 없이 토로하게 된다. 선지자의 외침, 예언자의 경고와 같은 그의 시는 가톨릭 신앙에 바탕을 둔 것이지만 동서양의 예지를 총괄한 그의 내면에서 용해되어 나온 것이기 때문에 그 누구도 흉내 낼 수 없는 독특한 화법과 어조를 지니게 된다. 요컨대 구상만이 쓸 수 있는 인간주의 시가 새롭게 구성되는 것이다.

이 시기에 나타난 또 한 가지 특징은 시조에 대한 관심이 높아졌다는 점이다. 하와이대학교 시절 우리 문학에 대한 강의를 하면서 향가와 시조를 소개하는 강의를 해서 그런지 시조를 거론하는 일이 많아졌다. 그는 1980년에 희곡「황진이」를 창작했는데 이 희곡에 황진이가 벽계수를 만나 시조를 화답하는 장면이 나온다. 여기서 벽계수는 야은 길재의 시조를, 황진이는 운곡 원천석의 시조를 읊조린다. 그뿐 아니라 희곡의 사건 전개에 따라 황진이의 한글 시조 세 편이 적재적소에 배치되고 있다. 그뿐 아니라 사석에서 문학인들과 이야기를 나눌 때 황진이의「동짓달 기나긴 밤을」을 암송하면서 고시조 중에 가장 잘된 작품으로 평가한다고 말했다고 한다.

시조에 대한 관심은 시간이 갈수록 더욱 확대되어 알기도 쉽고 쓰기도 쉬운 시조를 국민 시가로 삼아 전 국민에게 보급하자는 주장을 펼쳤다. 각급 학교 교과과정에 시조의 이해에 해당하는 글을 싣고, 창작 실기 시간을 넣어 적극적인 지도를 하고, 진학 시험에도 시조 실기 시험을 치르도록 하자는 주장까지 하게 된다.[68] 국민 시조 창작에 대한 적극적인 태도 때문에 나의 선친인 월하 이태극과도 가까워져 시조 보급 운동에 협력하게 되었다. 이태극이 간행한『시조문학』이 계간으로 전환한 1974년 가을호부터 편집위원으로 참여했고 시조 부문 추천도 맡았다. 그뿐 아니라 시조 창작에도 참여해서『시조문학』1977년 가을호에 창작 시조 「사모가思慕歌」를 발표했는데 친구 모친의 비문을 부탁받고 지었다는 설명이 나와 있다. 실생활의 국면에서 경축이나 추모의 뜻을 나타낼 때 시조 형식을 활용했음을 알 수 있다.

> 곧고 맑은 마음씨와 뛰어난 일 솜씨
> 부지런과 알뜰을 천성으로 지니시고
> 한평생 내남 앞에서 떳떳하게 사셨네
>
> 위 아래 일가 이웃 섬기고 보살필 제
> 푸짐하던 인정과 슬기롭던 그 덕담
> 당신이 계옵신 자리 웃음꽃이 피었네
>
> 예순이 지나도록 그 슬하에 깃들여서
> 받자온 그 사랑에 모자람이 없으련만
> 여의매 더 사모치네 그리움과 뉘우침
>
> 「사모가」 전문[69]

68   구상, 『민주고발』, 홍성사, 2008, 304쪽.

69   『시조문학』, 1977. 가을호, 18쪽.

1989년 4월에 세상을 떠난 우인雨人 송지영宋志英의 비문도 시조로 지어 남겼다. 그 시조는 다음과 같다. 두 편 다 쉬운 우리말을 활용하여 진솔한 감정으로 표현했음을 알 수 있다. 이 외에도 여러 편의 시조를 창작했는데, 1970년대 중반 이후 시조에 대한 관심이 확장되면서 시조 창작에 힘을 기울인 결과다.

> 붓대를 잡으시면 명문에 명필이요
> 포부와 경륜 또한 남달리 장하시어
> 도리어 험준 세월에 파란의 삶 사셨네
>
> 자그만 체구지만 심성이 활달하여
> 만나는 가슴마다 훈기를 남기시어
> 가시매 크옵신 인품 새록새록 그립네[70]

---

70 송항룡, 「구도자의 삶을 산 구상 선생」, 『홀로와 더불어』, 나무와숲, 2005, 309쪽.

19

인간주의 시의 황홀한 개화

구상에게 인간주의적 특징은 그리 새로운 것이 아니었다. 구상의 시는 출발점으로부터 종착점에 이르기까지 초지일관 인간에 집중했다. 종교적 신성의 세계를 언급하거나 구도의 자세를 표현할 때에도 화제의 중심에는 늘 인간이 놓였다. 목전의 과제가 인간의 진실을 드러내는 것이기에 시의 표현이나 기법은 거의 관심 밖이었다. 그는 가톨릭 신앙인 이전에 인간이기에 시를 썼고 인간에 대한 시를 썼고 인간을 위해 시를 썼다. 한국시사에서 구상만큼 인간에 집중한 시인은 거의 없다. 문학의 사명이 삶의 진실을 증언하고 세상의 허위에 맞서는 일이라는 사실을 구상처럼 철저하게 믿고 그 신념을 실천한 사람도 찾기 어렵다. 1998년에 있었던 다음 일화는 그의 이러한 문학적 신념이 최후의 순간까지 지속되었음을 알려 준다.

합병증으로 평소 지병인 천식이 도져 생사를 기약할 수 없는 상황이 되자, 본인은 체념했는지 집 가까이 있는 병원으로 옮겨 주길 간청했다. 입에 호흡기가 채워져 있어 말을 할 수 없던 그는 떨리는 손에 연필을 쥐어 주면 종이에 간신히 알아볼 수 있는 글씨를 써서 의사소통을 했는데, 여의도성모병원으로 이송되는 동안 상태가 더 위급해져 중환자실로 옮겨지는 중에 그는 다시 필담을 요구했다. 급한 대로 작은 메모지를 쥐어 주니 거기에 그는 이렇게 적었다. "세상에는 시가 필요해요." 그리고 그는 할 말을 다 마쳤다는 표정으로 주위 사람들을 죽 한 번 둘러본 후 다시 혼수상태에 빠져들었다.[71]

"세상에는 시가 필요해요."라는 짧은 말 속에 많은 것이 함축되어 있다. 그가 살아온 세상은 환난 고초의 연속이었다. 가톨릭 집안에서 성장하고 일본 유학을 거쳤지만 일제강점기에 형성된 그의 의식은 불안정했다. 결혼을 앞두고 폐결핵에 감염되어 죽음을 예감하는 민감한 자의식을 갖게 되었다. 북의

---

71   구자명, 『망각과 기억 사이』, 나무와숲, 2017, 195-196쪽.

핍박을 피해 고향을 떠나 남쪽으로 넘어온 그는 6·25 전쟁에 정식으로 종군하여 2년을 전쟁터에서 보냈다. 인간 본능의 밑바닥까지 체험한 그의 의식은 인간의 삶을 더 깊은 차원에서 조망할 수 있는 시야를 갖게 되었다. 전쟁의 참화 속에서 그는 인간에 절망하면서 동시에 인간을 더 사랑하는 독특한 정신 작용을 시로 표현했다.

구상은 1976년부터 중앙대학교 문예창작과 대우교수가 되어 시 창작 강의를 정식으로 하게 되었는데, 국내 대학교수로서 시에 대한 강의를 제대로 하게 되자 시란 무엇이며 시를 창작한다는 것은 어떠한 일인가를 더욱 분명하게 정립하려고 했다. 그래서 시에 대한 글도 많이 썼고 자신의 문학관이 반영된 작품을 쓰려고 노력했다. 그러한 창작의 요체는 세상에 필요한 시, 표현에 상응하는 등가량의 진실이 담겨 있는 시, 인간에게 도움을 주는 시로 요약된다. 70년대 중반 이후 그는 이러한 목적성이 뚜렷한 시를 쓰는 것으로 일관했고 그것을 실천에 옮기며 나머지 삶을 살았다. 시는 자신의 사상을 올바로 전해 주는 도구라고 생각했다. 남이 무어라고 하든 시인은 마땅히 그러해야 한다는 생각으로 초지일관했으며, 그러한 자신의 독특한 양식을 한국시사에 뚜렷이 남겼다.

다음 작품은 1979년 『죽순』지에 발표되었는데 그의 시의 변화를 단적으로 드러낸다. 인간에 관심을 집중해 온 시인이 자연을 어떻게 보는지 잘 나타나 있고 인간과 자연에 대한 가톨릭 신앙인으로서의 성찰도 함께 결합되어 있는 의미 있는 작품이다. 자연현상을 통해 인생과 우주의 신비를 집약적으로 표현한 결정판이다.

> 한 알의 사과 속에는
> 구름이 논다.
>
> 한 알의 사과 속에는
> 대지가 숨쉰다.
>
> 한 알의 사과 속에는
> 태양이 불탄다.
>
> 한 알의 사과 속에는
> 달과 별이 속삭인다.
>
> 그리고 한 알의 사과 속에는
> 우리의 땀과 사랑이 영생永生한다.

한 알의 사과 속에 자연의 모든 섭리가 다 들어 있고 한 알의
사과 속에 인간의 모든 요소가 다 들어 있다. 이것을 바꾸어
말하면 한 명의 사람 안에 인간의 모든 섭리가 다 들어 있고
한 명의 사람 안에 자연의 모든 요소가 다 들어 있다는 말과
같다. 자연의 윤리와 인간의 윤리가 둘이 아닌 것이다. 자연과
인간을 대등하게 보고 그 두 차원이 대등하게 윤리를 실현하
고 서로를 윤리적으로 대우해야 한다는 사상을 표현했다. 이
에토스의 시학은 구상에게서만 나올 수 있는 매우 독특한 양
식이다. 자연과 인간을 대등한 윤리적 인격체로 보는 에토스
의 시학은 평생 지속되었다.

그의 마지막 시집인『인류의 맹점에서』(1998)에 수록된 다음
작품은 후기의 시에 속하지만 그의 자연을 통한 인간 성찰이
어떠한 자리에 이르렀는지를 잘 알려 주는 예다.

한겨울 아파트 뜰에
크고 작은 나무들이
빈 가지를 뻗치고 서 있다.

말할 나위도 없지만
저 해골처럼 뻣뻣하고
앙상한 가지의 나무들이
오늘의 생명을 유지하는 것은
꽁꽁 얼어붙고 굳어버린 땅 밑의
뿌리들이 살아 있기 때문이다.

만일 그 뿌리들이 말라 죽고
얼어 죽고 썩어버려서는
오는 봄부터의 새순도, 새잎도
새 가지와, 새 꽃과, 새 열매도
어찌 바랄 수 있으랴.

그리고 뿌리는 저런 땅 위
계절의 조화와 그 번성 속에서도
자신의 떡잎새나, 마른 가지나
빙충이 꽃이나, 쭉정이 열매를
탓하거나 아랑곳하지 않으며
낙화나 낙과落果나 낙엽에도 미련 없이
오직 시간의 흐름을 묵묵히 기다린다.

또한 뿌리는 기둥이나 줄기의

권력과 같은 위력이나 위세,

무성한 잎새의 재물과 같은 풍요,

꽃의 영화나 열매의 공적과 보응에

집착하거나 탐함이 없이 실로 무심히

오직 자기 생명의 영위와 그 확충에

휴식을 모르는 전력을 기울이고 있다.

오오, 뿌리의 더할 나위 없는 숨은 공덕

우리 인간의 마음의 뿌리도

저 나무의 뿌리를 닮을진저.

「뿌리 송頌 1」 전문

나무는 뿌리가 건강해야 잘 산다는 말은 누구나 하는 말이다.
사회도 뿌리가 건강해야 번창한다는 말도 비유적으로 많이
사용한다. 그러나 위와 같은 시는 자연과 인생에 대해 깊이 사
유하고 특히 자연과 인간을 윤리적으로 대등하게 인식해야
나올 수 있다. 한겨울 아파트 뜰에 있는 나무는 어떠한가? "해

골처럼 뻣뻣하고 앙상"하다. 누구도 겨울나무를 쳐다보지 않는다. 그러나 시인 구상은 해골처럼 뻣뻣한 겨울나무의 뿌리를 생각한다. 뿌리의 윤리를 성찰하는 것이다. 봄에 나무에 잎이 돋을 수 있는 것은 언 땅 밑에서 뿌리가 제구실을 감당하기 때문이다. 뿌리는 땅 밑에서 죽은 채로 누워 있는 것이 결코 아니다.

그렇게 뿌리는 침묵 속에서 자신의 일을 충실히 행한다. 뿌리는 그렇게 나무의 외형을 재건하고 발전시켜 주지만 "빙충이 꽃"을 피우건 "쭉정이 열매"를 맺건 탓하지 않는다. 자신이 애써서 키운 꽃이 떨어지고 열매가 떨어지고 잎이 떨어져도 동요하지 않고 모든 것을 시간의 흐름에 맡긴다. 장엄한 성장으로 줄기의 위세, 잎새의 풍요, 꽃과 열매의 번영을 보여도 그것을 자랑하거나 거기 집착하지 않고 침묵 속에 생명의 영위에 몰두할 뿐이다. 이것이 "뿌리의 숨은 공덕"이다.

여기까지 나무의 뿌리에 대해 이야기한 후 언제나 그런 것처럼 결론은 인간의 일로 맺어진다. "우리 인간의 마음의 뿌리도/저 나무의 뿌리를 닮을진저."가 그것이다. 자연의 윤리를 발견하면 그것은 곧바로 인간의 윤리로 이어지는 것이다. 이것이 구상 시의 기본적 에토스다.

다음은 1980년에 『말씀』지에 발표한 작품인데 앞에서 본

「한 알의 사과 속에는」과 유사한 발상을 보여 주면서도 한 단계 진전한 모습을 보여 주고 있다. 구상의 시 정신이 조금 더 분명한 윤곽을 잡아 가고 우주론적 지평으로 진화하고 있음을 알 수 있다.

영혼의 눈에 끼었던
무명無明의 백태가 벗겨지며
나를 에워싼 만유일체가
말씀임을 깨닫습니다.

노상 무심히 보아오던
손가락이 열 개인 것도
이적異蹟에나 접하듯
새삼 놀라웁고

창 밖 울타리 한구석
새로 피는 개나리꽃도
부활의 시범을 보듯
사뭇 황홀합니다.

창창한 우주, 허막虛漠의 바다에

모래알보다도 작은 내가

말씀의 신령한 그 은혜로

이렇게 오물거리고 있음을

상상도 아니요, 상징도 아닌

실상實相으로 깨닫습니다.

「말씀의 실상實相」 전문

이 시의 뜻은 주님의 신령스러운 말씀이 인간, 자연, 사물에
다 담겨 있고 거기 관통한다는 것이다. 이것은 세상 모든 것이
부처의 몸이요 세상 모든 소리가 부처의 말씀이라는 불교 화
엄경의 가르침과 통한다. 1980년 전후로 많이 등장하는 이러
한 사유는 그가 20대에 일본대학 종교과에서 학습했던 불교
적 인식이 시간의 축적에 의해 숙성되고 승화되어 시에 투영
된 것이다. 그만큼 기독교적 사유와 불교적 사유가 혼용되어
있다. 그가 1960년대 중반 이후 제2차 바티칸 공의회의 타 종
교에 대한 공식적 인정에 의해 종교에 대해 자유로운 사유를
펼쳐 불이不二의 세계관을 수립하게 되었다는 것은 앞에서 검
토한 바 있다. 이후 종교에 대한 그의 사유가 더욱 열린 쪽으

로 발전하여 불교적 사유를 가톨릭 신앙에 접목하는 정신의 통섭通涉을 이루게 된다.

첫머리에 나오는 무명無明이라는 말은 불교의 용어다. 열두 단계 연기緣起의 출발에 해당하는 중생의 근원적 무지, 번뇌의 진원지를 무명이라고 한다. 구상은 무명의 백태가 벗겨지자 만유일체가 말씀임을 깨달았다고 했다. 이 '말씀'은 기독교적 용어로 하느님의 뜻을 인간에게 전하는 수단이다. 구상은 만 유일체에 하느님의 뜻이 담겨 있음을 알게 되었다는 것이다. 박희진도 이 점에 착안하여 "구상의 천주님은 무소부재인 것 이다."[72]라고 언급했다.

그는 이때 벌써 종교의 회통, 사상의 통섭을 시작한 것이 다. 만유일체에 말씀의 뜻이 담겨 있다고 보니 모든 것이 신비 롭고 모든 경관이 황홀하다. 손가락이 열 개인 것도 신령스러 운 섭리가 작용한 결과요 봄에 새로 피어나는 개나리도 부활 의 섭리가 관여한 것이다. 우주의 광막한 시야에서 보면 나라 는 존재가 모래알보다 작지만 말씀의 신령한 섭리에 의해 내 가 태어나고 이렇게 움직이고 있음을 생각하면 나 또한 신비 스럽고 고귀한 존재다.

---

72 박희진, 「화안애어 · 외유내강의 시인」, 『홀로와 더불어』, 나무와숲, 2005, 58쪽.

이것은 앞에서 본 시 「나」에서 원죄의 업고를 짊어진 '나'가 웅대한 우주를 품을 수 있을 정도로 영원 충만의 존재임을 자각한 것보다 한 단계 더 발전한 사유다. 원죄에 대한 자의식에서 벗어나 나를 포함한 세상의 모든 존재를 놀랍고 황홀한 실상으로 파악하고 있기 때문이다. 불교적 사유와 가톨릭 사유가 결합하면서 원죄 의식이 사라지고 개별적 존재의 신비로운 영성靈性에 집중하게 된 것이다.

구상은 이러한 자각이 상상의 결과도 아니요 상징적 이해도 아닌 실상 그 자체의 인식임을 강조했다. 만물의 실상, 인간 존재의 실상을 새롭게 자각했다는 뜻이다. 이것은 구상이 자각한 만유일체 존재론의 선언이요 그러한 자각하에 자신의 사상을 시로 표현하겠다는 창작 방향의 선포이기도 하다. 이후 그의 시 창작의 성격은 하나의 예술 작품을 창조하는 작업이 아니라 자신의 사상을 제시하는 도구로 시를 활용하는 방향으로 전개된다. 이것은 그의 인간주의 시의 창작 방법을 선언하는 일이기도 하다.

그렇기 때문에 구상의 시를 해석하고 평가할 때에도 그의 창작 방법을 이해하는 차원에서 평가가 이루어져야 한다. 교묘한 표현 방법을 활용해 깔끔한 작품을 완성하는 일은 구상의 관심사가 아니었고 오히려 배척의 대상이 되었다. 왜냐하

여의도 자택에서 중년의 구상

면 표현의 묘미가 정신의 진실성을 훼손할 수 있기 때문이다.
표현 기교에 대한 과도한 집착을 기어綺語라고 하여 배척한 것
에 대해서는 뒤에서 다시 언급할 것이다.

20

그리스도 폴의 강

구상은 한국문학에서 연작시 양식을 개척한 시인으로 평가된
다.[73] 50년대의 연작시 「초토의 시」와 60년대의 연작시 「밭 일
기」를 거쳐 70년대에 들어서서 그가 연작의 소재로 선택한 것
이 바로 강이다. 강이 그의 삶의 중심에 있었고 시적 사유와
상상력을 견인하는 작용을 하였기 때문에 그는 '강' 연작을 시
도한 것이다. 1975년에 간행된 『구상문학선』(성바오로출판사)에
는 「강」 연작 10편이 실려 있다. 이 책에 실린 「그리스도 폴의
강」이라는 산문에 의하면 그는 이 당시 20여 편의 연작시를
이미 써 놓았다고 했고 그중 한 편의 시를 소개하기도 했다.

---

73 조창환, 「구상 시의 전개와 문학사적 의의」, 『구상문학논총』, 구상선생기념사업
회, 2008. 5, 2쪽.

그가 강에 관심을 가진 것은 그의 삶과 관련이 있다.

구상의 삶은 강과 인연이 깊다. 그가 성장한 함경남도 원산 교외의 덕원은 매우 아름다운 농촌 마을로, 마식령산맥에서 흘러나와 원산의 송도원으로 향하는 적전강을 바라보며 구상은 마음의 해방감을 맛보았다고 했다. 한국전쟁이 끝난 1953년 이후 구상은 경상북도 왜관에 정착하여 1974년까지 살았는데, 왜관의 자택도 낙동강에 인접해 있어서 낙동강을 바라보며 20여 년을 보냈다. 1974년 서울로 이주한 후에는 2004년 타계할 때까지 여의도에서 한강을 바라보며 살았다. 그의 말대로 강은 평생에 걸쳐 그의 삶과 문학을 관장한 '회심回心의 일터'가 된다. 설창수 시인이 보낸 '관수재觀水齋'라는 현판은 구상의 일생을 일찍이 예견한 선견지명의 명문이라 할 수 있다.

「그리스도 폴의 강」이라는 제목으로 연작시가 다시 발표된 것은 1983년 5월부터 1985년 6월까지의 일이다. 『시문학』에 25개월간 연재하여 기존 발표작 10편에 50편을 더하여 60편 연작시를 완성한 것이다. 1986년에 간행된 『구상 시 전집』(서문당)에는 「그리스도 폴의 강」 연작 60편이 실려 있고, 2004년에 간행된 구상문학총서 제3권 『개똥밭』(홍성사)에는 다섯 편이 더 추가되어 「그리스도 폴의 강」 연작 65편이 확정되었다.

연작시의 제목이 '강'에서 '그리스도 폴의 강'으로 바뀐 것은 '그리스도폴'이라는 성인의 일화에서 얻은 감화를 강조하기 위함이다. 가톨릭 '14구난성인'의 한 사람인 그리스도폴은 크리스토포로스Christophoros라는 그리스식 이름에서 온 것이다. 그는 3세기 데키우스Decius 황제 때 순교한 성인이다. 전설에 의하면 그는 힘이 장사인 거인인데, 젊은 시절 힘만 믿고 악행과 향락을 저지르고 살다가 어느 수행자를 만나 감화를 받고는 사람들을 어깨에 업고 강을 건네주는 일을 하며 살게 되었다. 그는 자기보다 더 힘센 사람이 나타나면 그를 주인으로 섬기겠다고 생각하고 있었는데, 세상에서 가장 힘 있는 자가 예수 그리스도라는 말을 듣고 예수를 기다리며 살아갔다.

　어느 날 밤 조그마한 어린아이가 나타나 강을 건너게 해 달라고 청했다. 어린아이를 어깨에 메고 강을 건너는데 물속으로 들어갈수록 점점 더 무거워져서 나중에는 물속으로 고꾸라질 지경이었다. 견디다 못한 거인이 너는 도대체 어떤 아이이기에 이렇게도 무거우냐고 소리쳤다. 그러자 어린아이는 "당신은 이 세상 전체보다도 훨씬 더 무거운 존재, 예수 그리스도를 어깨에 메고 있다."고 하였다. 이렇게 대답하고 소년 예수는 그 자리에서 손에 물을 적셔서 세례를 베풀었다. 그래서 그의 이름이 크리스토포로스가 되었다. '포로스'phoros는 '…

을 지탱하다'라는 뜻의 말이므로 크리스토포로스는 '그리스도를 어깨에 멘 사람'이라는 뜻이다. 크리스토포로스라는 이름은 영어의 크리스토퍼Christopher로 정착되었다. 유럽의 성인상 중에는 지팡이를 짚고 한 소년을 어깨에 메고 강물을 건너는 사람의 형상을 흔히 볼 수 있는데 그가 바로 성 크리스토퍼이다.

2009년 구상문학상 제정 기념
『그리스도 폴의 강』

구상은 그리스도폴의 젊은 날의 방탕한 생활과 그 이후의 소박한 구도의 삶이 자신과 비슷하다고 보고 '강'을 그의 회심回心의 일터로 삼아 연작시를 써 갈 것을 기약하고 있다.[74] 강은 실제의 삶이 전개되는 생활의 현장이자 구세주를 기다리며 헌신하는 구도의 공간이기도 하다. 강을 통해 자신의 과거를 되돌아보고 현재의 삶을 직시하며 새날의 영광을 추구하려 한다. '관수재觀水齋'라는 말의 뜻 그대로 강물을 바라보며 거기서 삶의 진실을 발견하고 신앙의 진수를 성찰하는 은수

---

74 구상, 「그리스도 폴의 강」, 『구상문학선』, 성바오로출판사, 1975, 384쪽.

자隱修者의 행적을 본받으려 한다. 연작시의 첫 장을 여는 작품을 보면 시인의 의도를 선명하게 파악할 수 있다.

그리스도 폴!
나도 당신처럼 강을
회심回心의 일터로 삼습니다.

하지만 나는 당신처럼
사람들을 등에 업어서
물을 건네주기는커녕
나룻배를 만들어 저을
힘도 재주도 없고

당신처럼 그렇듯 순수한 마음으로
남을 위하여 시중을 들
지향志向도 정침定針도 못 가졌습니다.

또한 나는 강에 나가서도
당신처럼 세상 일체를 끊어버리기는커녕
속정俗情의 밧줄에 칭칭 휘감겨 있어

꼭두각시모양 줄이 잡아당기는 대로
쪼르르, 쪼르르 되돌아서곤 합니다.

그리스도 폴!
이런 내가 당신을 따라
강에 나아갑니다.

당신의 그 단순하고 소박한
수행修行을 흉내라도 내 가노라면
당신이 그 어느 날 지친 끝에
고대하던 사랑의 화신을 만나듯
나의 시도 구원의 빛을 보리라는
그런 바람과 믿음 속에서
당신을 따라 강에 나아갑니다.

「그리스도 폴의 강 - 프롤로그」 전문

첫 연에서 분명히 표명한 것처럼 구상은 그리스도폴의 회심
의 자세, 즉 젊은 날의 방탕한 삶을 청산하고 사람들을 등에
업어 강을 건네주는 일만 하면서 오로지 예수라는 존재만 기
다리던 그 단순 소박한 수행 자세에 감동을 받고 그러한 수행

왜관 낙동강변에서

을 자신도 실천하고자 하는 마음으로 이 시를 쓰기 시작한 것이다. 말하자면 자기반성에 의한 구도적 수행을 염두에 두고 시작한 것인데, 연작시가 계속되면서 이 작품은 인생과 우주의 섭리에 대한 깊은 명상과 새로운 각성으로 승화되어 구상 시인 특유의 세계관을 형성하게 된다. 이 연작시가 "실유實有의 본체를 찾는 일, 또는 세계의 원리를 찾는 일"[75]에 집중하고 있다고 본 것은 바로 그 점을 지적한 것이다.

연작시 가운데에는 계절에 따른 한강의 아름다움을 소묘하며 거기서 얻은 감상을 표현한 것도 있고, 어린 시절 적전강 주변의 풍정을 회고하며 순수의 그리움을 노래한 것도 있다. 그러한 감상과 회고의 시편에서도 단순히 외관의 정경을 묘사하지 않고 늘 자신의 문제를 결부시켜 서정의 기틀로 삼았다. 안개가 낀 강에 잔 고기 떼들이 노닐고 "황금의 햇발이 부서지며/꿈결의 꽃밭을" 이루는 장면을 보면서 자연스럽게 승화되는 마음의 상태를 "나도 이 속에선/밥 먹는 짐승이 아니다."(「그리스도 폴의 강 1」)라고 간결하면서도 함축성 있게 표현하는 수법은 그야말로 구도적 수행이 아니면 나올 수 없는 대목이다.

---

75 홍신선, 「초월과 물의 시학 – 구상의 '그리스도 폴의 강'을 읽고」, 『시문학』, 1985. 7, 22-23쪽.

그의 구도적 수행이 자기반성에 기반을 둔 것이듯이 강을 관찰하는 데에도 현대문명이나 현세의 삶에 대한 비판적 시각을 두드러지게 드러낸다. 공해에 물든 강을 "연탄빛 강"이라고 지칭하며 "탐욕의 분뇨"와 "번득이는 음란"(연작시 8)이 이러한 부패를 만들어 냈다고 개탄한다. 강 여기저기에 "준설선과 포클레인이/무법자들처럼 힘을 과시하여/굉음을 발하"기 때문에 한강도 절망의 흐름을 보이고 있고, 다리 위의 차량들은 "황금의 우상을 쫓는 무리들과/새 모세를 찾는 무리들을 싣고/미친 듯이 달린다"(연작시 15)는 비판을 가차 없이 토로한다. 이러한 비판적 언명은 물질과 쾌락에 휩싸여 사는 우리의 삶을 반성케 한다. 시인 자신에게도 이 타락한 현실 속에서 자신의 내면을 어떻게 유순하고 화평하게 유지하느냐 하는 것이 하나의 큰 걱정거리요 해결해야 할 과제였을 것이다. 그런 점에서 비판적 발언들은 문명사회의 모순에 대한 예언자적 논고이자 자신의 내적 의지를 새롭게 다지려는 염원의 표현이었을 것이다.

강의 흐름을 관조하며 생명과 우주의 본질을 탐색하는 시인은 헤르만 헤세의 『싯다르타』에서 싯다르타가 강의 흐름과 하나가 되면서 다다른 전일적 의식(Einheit)에 도달한다. 그것은 그의 시에서 "오직 하나인 현재"(연작시 11), "허무의 실유"(연작시 14), "무상 속의 영원"(연작시 16), "강은 태허의 섬"(연작시 25), "무상 속에 단일한 자아"(연작시 65) 등의 어구로 변주된다. 하나의 물방울 속에 우주가 담겨 있고 거대한 바다의 육체는 작은 물방울이 모여 이룩된 것이다. 인간도 그와 같아서 우리 한 사람 속에 우주가 담겨 있고 우주는 작은 인간 개체가 모여서 이루어진다. 이러한 지혜의 속삭임을 들려주는 강을 바라보고 강변을 둘러보는 것은 시인에게 단순한 여가 활용이 아니다. 그것은 예배에 참여하는 경건한 구도의 과정이다. 그래서 시인은 "마치 매일예배를 보듯/나는 오늘도 강에 나와 있다"(연작시 49)고 고백하였다. 팔순이 넘어 보행이 어려워지자 "엘리베이터를 타고/맨 위 12층에 올라가 복도 난간에서/그렇듯 그리던 한강을 바라"(연작시 63)보았던 것이다. 이런 것을 보더라도 한강에 대한 그의 사색과 시적 표현이 단순한 문학적 산책이 아니라 예배를 드리고 진리를 탐구하는 구도의 일정임을 알 수 있다.

불이不二의 세계관

그러면 그가 깨달은 세상의 진리는 무엇인가? 그것은 가톨릭 신앙에 바탕을 두고 불교의 진리와 도교의 진수를 함께 아우른 것이었다. 소위 회통會通과 통섭通涉의 자세를 취한 것이다. 그의 구도적 세계관의 기반 위에서는 가톨릭 신앙의 섭리나 불교 수행의 진리가 둘이 아니라 하나였다. 불교에서 말하는 불이不二, 무루無漏, 무차無遮의 깨달음을 얻은 것이다. 그는 상대적 관념에 얽매이지 않고 모든 것을 평등하게 대하고자 했으며(불이), 번뇌에 얽매임이 없는 경지를 추구하였고(무루), 모든 것을 차별 없이 포용하는 마음을 지니려 하였다(무차). 그러므로 그에게 가톨릭과 불교는 둘이 아니었고 가톨릭과 도교도 둘이 아니었다. 강은 누구에게나 똑같은 모습으로 흐르는

데 가톨릭의 강이 따로 있고 불교의 강이 따로 있고 도교의 강이 어디 달리 있겠는가? 그는 이러한 사유를 관념으로 간직한 것이 아니라 실제적인 생활의 일부로 실천하였으니, 그 증표가 되는 것이 다음의 시다.

> 팔당과 양평 사이
> 후미진 강기슭 빈 조각뱃전에
> 한 켠엔 내가 앉고
> 한 켠엔 노처老妻가 앉아
> 바람도 없이 출렁이는 강물을 바라보며
> 저마다의 생각에 잠겨 있다.
>
> 지금 내 머리에 떠오르는 것은
> 바로 그제 백만의 신도가 모인 여의도
> 그 찬란한 가설제단에 앉으셨던
> 교황 요한 바오로 2세와
> 몇 달 전 여성잡지에서 뵈온
> 가야산 바위 위에 앉으신 성철性徹 종정과의
> 두 모습,

한 분은 인파의 그 환성 속에 계시고
한 분은 자연의 그 적막 속에 계시나
두 모습 그대로가 진실임을 의심할 바 없거늘
과연 이 대조는 무엇을 뜻함인가?

한 분이 행하시는 인위人爲의 극진 속에도
한 분이 행하시는 무위無爲의 극치 속에도
신비가 감돌기는 매한가지어늘
과연 이 부동不同은 무엇을 말함인가?

저 두 분의 모습이 다 함께
진리의 체현임에 다를 바 없으니
유무상통有無相通의 소식이란 바로
이런 것이었구나!
정동일여靜動一如의 소식이란 바로
이런 것이었구나!

저녁노을과 함께 숨을 죽이듯
잔잔해진 강물을 바라보며
노부처老夫妻는 하염없이 생각에 잠겨

일어설 줄을 모른다.

「그리스도 폴의 강 38」 전문

이 시의 골자는 무엇인가? 요한 바오로 2세 교황이건 성철 종정이건 그들이 지향하는 진리의 견지에서는 조금의 차등이 없이 하나라는 것이다. 교황을 영접하기 위해 모인 백만 신도의 마음이나 성철 종정의 법문을 듣기 위해 삼천 배를 올리는 신도의 마음이나 차별 없이 하나라는 것이다. 한 분은 화려하게 외양을 드러냈고 한 분은 철저하게 산중에 은거하고 있으나 그 '인위의 극진'과 '무위의 극치'도 둘이 아니라 하나라는 것이다. 원래 하나인데 이것을 구분해서 차등을 두고 어느 하나에 집착할 때 거기서 세상의 온갖 병통이 생긴다. 끊임없이 이어지는 중동 분쟁, 기독교 세계와 이슬람권의 유혈 쟁투는 둘로 분별하는 마음에 선악의 가치 개념까지 결부되었기 때문에 일어나는 것이다. 불이不二, 무루無漏, 무차無遮의 진리에 도달하기 전에는 그들의 분쟁은 끝이 없을 것이다.

그런데 이 시는 불이의 진리, 유무상통有無相通, 정동일여靜動一如의 소식을 아주 자연스러운 일상사의 차원에서 들려줄 뿐만 아니라 그 엄청난 이치를 노을이 물드는 잔잔한 강물을 바라보는 늙은 부부의 마음에 떠오르는 것으로 표현함으로

써 평상심이 곧 진리라는 새로운 깨달음을 전한다. 위대한 깨달음은 10년 면벽수도나 20년 용맹정진에서만 얻어지는 것이 아니라 강과 함께 명상하며 유순한 마음을 화평하게 유지하면 자연스럽게 거기 이를 수 있다는, 그런 예지의 전언을 이 시가 들려주고 있는 것이다.

이 연작시에는 이러한 깨달음의 내용이 아주 많지만 나에게 더욱 인상적인 것은 구상 시인의 살아 있는 체험이 담긴 다음과 같은 이야기다. 그야말로 무심하게 보고하는 듯한 어법을 취한 이 시는 시인이 지닌 민족애가 인류애와 만나 전율을 일으키면서 높은 경지로 승화하는 감동적인 작품이다. 우리는 이 시를 잘 읽고 세상 모든 인류가 함께 만나 함께 사는 다문화적 글로벌 시대의 참된 지혜를 얻어야 한다. 이러한 의식을 이미 이십여 년 전에 선취하였다는 점에서도 구상 시인의 선구자적 사유의 독창성을 추앙하지 않을 수 없다.

도쿄 아세아시인회의 첫날을 마친 후 나는 동년배의 일본 시인 몇 명과 회의장 근처 목로주점에서 어울리게 되었다.

좌흥座興이 무르익어가자 옆자리의 술이 거나해진 초로初老의 시인 한 분이,

— 한강이 그립습니다. 그 푸르게 넘쳐흐르던 한강이 미치게

그립습니다. 나의 소년 시절의 요람인 한강. 그 양양洋洋한(그는 이렇게 표현했다) 흐름이 그립습니다.

음성을 떨면서 말했다. 나는 무망중,

― 서울엘 한번 오시죠, 와서 보시죠, 그 한강을!

대답을 하면서도 그가 그리는 그 '양양한 흐름'을 어찌 보여주나 하는 걱정이 앞섰다.

― 아니요, 제가 그 한강을 다시 보러 간다는 것은 한국인 여러분께 죄스러운 일이지요, 몰염치한 짓이지요, 제가 태어나서 자란 서울을 고향이라고 불러선 안 되듯이 말입니다.

그는 사뭇 괴로운 표정을 지었다. 나는 이 '시인의 예민한 양심'에 대꾸할 바를 모르고 있는데 이때 이 좌석을 마련한 건너편의 교포 시인이 말을 받았다.

― 자네, 또 한강타령이군, 시나 강이 언제 국적을 묻는다던가? 인종을 따진다던가? 사랑하는 사람만이 그것의 임자지, 눈물이 있는 사람을 위하여 시는 씌어지고 강은 흐르는 게야, 어서 가서 그 품에 안기게나. 사장沙場에 누워서 눈물어린 눈으로 한강의 그 진홍색 저녁노을을 바라보게나!

― 고마워, 그러나 내가 가선 안 돼! 이 '왜놈'이 또다시 그 강을 더럽혀선 안 돼! 그것만은 안 돼!

이때 그는 마치 한강의 그 흐름을 바라보듯, 그 저녁노을을 바라보듯 먼 곳을 응시하며 말했다.

　집이 여의도인 나는 오늘도 윤중제를 거닐면서 여기저기 둑을 쌓아 물을 댄 논처럼 갈려 있고 여위고 상하여 군데군데 창자를 드러낸 한강을 바라보며 그 일본 시인이 '양양한 흐름'의 추억을 보전하기 위하여 영영 서울에 오지 말았으면 하는 생각과 새봄엔 나라도 초청해서 그에게 고향을 다시 찾게 해 주어야겠다는 엇갈리는 심정 속에 있다.

「그리스도 폴의 강 47」 전문

이 시에서 우리가 발견하는 것은 인간에 대한 믿음과 사랑이다. 어린 시절 이곳이 식민 지배하의 나라라는 의식도 없이 한강의 양양한 흐름 속에 꿈을 키웠던 일본 시인의 회상. 어른이 되어서는 한국인에게 죄의식이 생겨 보고 싶은 한강을 가 보지 못하고 그리워만 한다는 고백. 그 일본 시인의 통절한 고백에 그야말로 시나 강에 국적과 인종이 무슨 의미가 있겠느냐면서 한강의 품에 안겨 진홍색 노을을 바라보라고 권하는 교포 시인의 충정 어린 조언. 그야말로 '시인의 예민한 양심'에서 오간 절절한 대화인데 우리는 여기서 시인의 예민함보다는 인간에 대한 신뢰와 사랑을 감지한다. 인간이란 이런 것이고 이렇게 인간은 서로 사랑해야 한다는 삶의 진실을 터득하게 되는 것이다.

그런데 한강을 소재로 한 이 이야기에도 불이不二의 정신이 담겨 있다. 교포 시인의 말 그대로 강과 시는 그것을 사랑하는 사람에게 자신의 진면목을 드러내는 법이지 누구에게 처음부터 소속되어 있는 것이 아니다. 국가니 민족이니 하는 것은 역사적인 과정 속에 형성된 관념이고, 모든 생명은 결국 하나로 통합되는 것이다. 상대적 관념에 사로잡혀 이것이니 저것이니 구분함으로써 인류의 분쟁이 파생된 것이다. 불이, 무루, 무차의 시각에서 보면 사람은 하나고 강도 하나다. 양양한 강은 그것을 아름답게 보는 사람에게는 누구에게나 무한한 의미를 안겨 준다. 강의 흐름을 지루하게 보는 사람에게는 그에게 맞는 삶의 변화를 유도해 주기도 한다. 강은 관념을 떠나 모든 사람에게 평등하게 다가온다. 양양한 강도 근원을 알 수 없는 저 산골짝 하나의 물방울에서 발원한 것이며, 강이 흘러드는 거대한 바다도 종국에는 하나의 물방울로 기화해 올라가게 된다. 거대한 바다와 하나의 물방울이 둘이 아니며 미미한 시냇물과 도도한 대하를 차별할 필요가 없다.

영원한 우주의 무한한 허공을 생각하면 인간의 삶이 극히 짧은 순간 같지만, 순간의 삶이라 하더라도 그것은 무無가 아니기에 분명히 실재하는 것이다. 한 방울의 물이 큰 바다를 이루기에 바다와 물방울이 둘이 아니듯, 우리의 순간의 삶이 영원한 우주를 이루기에 순간과 영원이 둘이 아니다. 따라서 우리는 순간의 삶을 살면서도 영원과 통하게 되는 것이다. 이것을 구상 시인은 "허무虛無의 실유實有"라고 표현했다. 실재의 삶에서 벗어나 영원의 세계로 가는 것이 아니라 실재의 삶이 이어져 영원을 형성한다는 것이다. 그래서 시인은 "시작도 끝도 안 보이는 이 강이/바로 나다."라고 선언하며 강과 하나가 된다. 그러기에 그 나라는 존재는 "불변하는 질서 속에서/자유롭게 흐르며/뭇 생명들의 생성과 소멸을 함께 한다."(「그리스도 폴의 강 41」)라는 인식에 도달한다. 이러한 경지에 이르면 나라는 존재가 영원 무한의 존재가 되며 생성과 소멸을 초월한 존재가 된다. 이러한 상태에서 누리는 평화가 진정한 평화다. 시인은 "비로소 나는/천연天然의 질서와 자유와/그 평화를 누린다."(「그리스도 폴의 강 48」)라고 했고 "죽고 나서부터가 아니라/오늘서부터 영원을 살아야"(「오늘」) 한다고 말하였다.

그는 구도적 수행의 삶을 살아가면서 이러한 진리의 체현에 도달했다. 지금 하루하루의 삶이 영원의 일부임을 깨달은 것이다. 이것은 단순한 사변이나 머리 굴림으로는 도달할 수 없는 경지다. 그런 점에서 구상의 시는 감동을 주는 시가 아니라 실천을 요구하는 시다. 그의 음성은 지금도 끊임없이 우리에게 새로운 시각으로 세상을 보고 무상하게 변화하는 현상 속에서 영원의 기미를 발견하여 그것과 하나가 되도록 자극하고 격려한다.

또 한 번의 혼란과 시의 은총

4·19와 5·16이 일어났을 때 구상에게 정계에 나오라는 권유가 많았던 것처럼, 1980년 이후 군부가 정권을 잡으면서 대중과의 화합을 도모해 보려고 중립적 문화인을 정계에 끌어들이려는 움직임이 있었다. 구상에게도 그러한 손길이 뻗어왔다. 그것을 거절하는 일과 관련해 수염을 기르게 된 내력을 시로 써서 남겨 두었다. 그것은 시집 『유치찬란』(1989)에 실린 「수염」이라는 작품이다. 시라기보다는 회고담에 가까운 산문 형식을 취한 작품이다.

1980년 이른 봄부터 고질인 천식이 도져 몇 달 동안 누워 있었을 때 제5공화국 출범을 위한 민정당의 창당 발기인으로 모시고 싶다는 청탁이 들어왔다. 몇 달간 와병 중이어서 구상의 얼굴에는 수염이 무성하여 "별 볼일 없는" 형색을 하고 있었다. 그는 "이런 폐물을 내세운들 무슨 일을 치르겠느냐"면서 완곡히 거절했다고 한다. 그 일은 무사히 지나갔지만 또 어떤 강요나 유혹이 있을 것 같아서 기르던 수염을 그대로 길렀더니 보는 사람마다 시인 같다는 둥 도인 같다는 둥 찬사를 보내고, 가족이나 친구들은 무슨 궁상을 떠느냐고도 하고 사교의 교주 같다고 핀잔을 주기도 했는데, 몇 년을 그대로 두었더니 이제 그에게 어울리는 특징처럼 되어 버렸다고 했다. 이후 하얀 턱수염은 구상의 트레이드마크가 되었다.

이렇게 수염을 기르고 중앙대학교 문예창작과 대우교수로 강의를 하고 있던 구상은 1982년 하와이대학교의 초빙을 받아 동서문화센터(East-West Center) 연구원 자격으로 다시 하와이로 떠나게 된다. 데모가 빈번하게 일어나는 한국 대학의 상황이 현실과 거리를 둘 수 있는 외국 생활을 유도했는지 모른다. 하와이에서 온 지 8년 만에 다시 하와이 땅을 밟게 된 것이다. 그는 1982년 1월에 출국하여 일본을 거쳐 1월 하순에 하와이에 도착했다. 이때는 한국학 연구가 어느 정도 뿌리를 내려 하와이대학교 캠퍼스 내에 한국학연구소(Center for Korean Studies)가 "경회루와 수덕사를 합친 듯한 한국 전통 건축으로 우람하게" 서 있었다고 한다.[76]▶

2월 1일부터 강의가 시작되어 도착하자마자 강의 준비에 박차를 가했다. 이때 딸 구자명은 하와이대학교 심리학과를 졸업하고 한국에 귀국해 있었기 때문에 하와이에서 만나는 사람들이 딸의 안부를 물었다고 했다. 강의는 교포 학생이 중심이 되어서 한국어로 강의를 진행하기 때문에 그전보다 어려움이 덜하다고 했다. 이 시기에 아들 구홍과 구성이 건강이 좋지 않아서 그들을 걱정하는 내용을 편지에 많이 담았다. 특히 둘째 아들 구성의 폐결핵 진행에 대해 많이 신경 쓰고 염려했다. 그 자신이 폐결핵 환자였기 때문에 아들의 병이 자신에게서 기인한 것이 아닌가 하는 자책감도 있었을 것이다.

정규 강의를 하는 중간에 학술 강연도 하고 교민들을 위한 교양 강의도 하면서 청중들에게 좋은 인상을 심어 주었다. 폐결핵은 일본에서의 수술로 완치되었으나 당뇨 증세가 있어 병원에서 주기적으로 혈당 검사를 하고 인슐린 주사를 맞았다. 당뇨병 상태로 해외에서 거주하며 강의를 하는 것이 무리였을 텐데 구상은 하와이에서 일 년 동안 예정대로의 일정을 잘 마쳤다. 『서울신문』에 「하와이 통신」을 발표하기도 하고 『현대시학』의 「모과 옹두리에도 사연이」 연재도 계속했다. 한

◀76 최종고, 「삶의 마디마다 만나는 구상 선생님」, 『홀로와 더불어 – 구상선생기념사업회 소식지』, 2019. 봄호, 18쪽.

국문학 강의에서 폭을 넓혀 불교의 선에 관한 책도 읽어 강의하고 노장사상이나 주역 등으로 독서의 폭을 넓혔다. 12월에 귀국을 준비하면서 『현대시학』에 연재하던 「모과 옹두리에도 사연이」의 마무리를 짓는다. 이 연작시는 1983년 3월로 연재가 끝나게 되는데 총 편수는 90편이고 책으로 나오는 것은 1984년 6월이다. 구상은 출국한 지 1년 만인 1983년 1월에 귀국했다.

귀국 후 중앙대학교 강의를 다시 맡았다. 1984년 6월에 『모과 옹두리에도 사연이』가 출간되고 이어서 시선집 『드레퓌스의 벤취에서』, 산문집 『한 촛불이라도 켜는 것이』, 『딸 자명에게 보낸 글발』, 시집 『구상연작시집』 등이 연이어 간행됨으로써 구상 문학 출판의 전성기를 이룬다. 그리고 1986년에 그때까지의 시를 거의 다 집대성한 『구상 시 전집』(서문당, 1986.11.)이 간행되어 그의 시의 전모를 살필 수 있는 기틀이 마련되었다. 1986년은 1946년 그가 북한에서 시를 발표하고 필화를 입은 지 40년이 되는 해이자 둘째 시집 『초토의 시』를 낸 지 30년이 되는 해다. 이것을 기념하여 서문당 출판사 최석로 사장의 도움으로 전집을 간행한 것이다.

그 이듬해인 1987년 11월 폐결핵을 앓던 둘째 아들 구성이 타계함으로써 구상의 마음에 깊은 상처와 한을 남겼다. 그

『구상 시 전집』(1986)

는 더욱 신앙에 전념했다. 중광 스님의 그림을 곁들여 1989년에 낸 시화집 『유치찬란』의 「기도」라는 시에서 구상은 자신의 기도문을 짧게 요약했다. "이 눈먼 싸움에서/우리를 건져 주소서.//두 이레 강아지만큼이라도/마음의 눈을 뜨게 하소서."가 그것이다. 과연 우리는 두 이레 지난 강아지만큼 눈을 뜨고 있는가? 구상은 몇 년 후 "비로소 두 이레 강아지 눈만큼/은총에 눈이 떠서/세상 만물을 바라본다./(중략)/이제 삶의 보람과 기쁨을 맛본다."(「은총에 눈이 떠서」)라고 노래했다. 두 이레 강아지만큼이라도 마음의 눈이 뜨면 보람과 기쁨을 맛볼 수 있는 것인데 그렇지 못하니 가슴이 답답할 수밖에 없는 것이다. 이러한 생각을 더욱 발전시켜 그는 다음과 같은 작품을 완성했다.

이제사 나는 눈을 뜬다.
마음의 눈을 뜬다.

달라진 것이라곤 하나도 없는

이제까지 그 모습, 그대로의 만물이
그 실용적 이름에서 벗어나
저마다 총총한 별처럼 빛나서
새롭고 신기하고 오묘하기 그지없다.

무심히 보아오던 마당의 나무,
넘보듯 스치던 잔디의 풀,
아니 발길에 차이는 조약돌 하나까지
한량없는 감동과 감격을 자아낸다.

저들은 저마다 나를 마주 반기며
티 없는 미소를 보내기도 하고
신령한 밀어를 속삭이기도 하고
손을 흔들어 함성을 지르기도 한다.

한편, 한길을 오가는 사람들이
새삼 소중하고 더없이 미쁜 것은
그 은혜로움을 일일이 쳐들 바 없지만
저들의 일손과 땀과 그 정성으로
나의 목숨부터가 부지되고 있다는 사실을

이제는 너무나도 실감하고 있기 때문이다.

만물의 그 시원始原의 빛에 눈을 뜬 나,

이제 세상 모든 것이 기적이요,

신비 아닌 것이 하나도 없으며

더구나 저 영원 속에서 나와 저들의

그 완성될 모습을 떠올리면 황홀해진다.

「마음의 눈을 뜨니」 전문

마지막 시집 『인류의 맹점에서』(1998)에 수록된 작품으로, 세상 만물을 그 본질의 차원에서 새롭게 비추어 보는 기쁨과 감격을 표현하고 있다. 사소한 모든 존재들이 의미 있는 대상으로 다가오고 저마다 나에게 손짓을 보내고 속삭임을 보내고 미소를 보낸다. 그들의 은혜와 정성 때문에 자신의 목숨이 부지되고 자신의 영성이 유지된 것이다. 그러니 그 모든 존재들이 다 은총의 빛을 전하는 신비로운 존재요 은총의 은수자들이다. 그들의 빛으로 내가 완성되며 나의 완성으로 그들의 빛도 더 충만해진다. 그러니 그들과 내가 떨어져 있는 것이 아니다. 그들과 나는 하나로 결속되어 있다. 이러한 깊은 깨달음을 구상은 자신의 묵상 속에서 얻었다. 그리고 그것을 시로 표현했다. 시를 쓴 이유는 단 하나, 그를 포함한 많은 사람들이 이러한 사유에서 위안을 얻고 황홀한 기쁨을 얻게 하기 위함이었다. 이것이 평생 지속된 그의 에토스, 인간주의 시학이었다.

23

표상과 실재의 결합

구상은 늘 자신이 명기名器가 못된다고 되풀이해 말했다. 그것
은 시의 표현 기법이라든가 언어의 기교에 재능이 떨어진다
는 고백이다. 그는 표현의 측면보다 거기 담기는 진실에 더 무
게를 두었다. 말하자면 그에게 시는 그의 진실을 전달하는 효
과적인 도구의 역할을 했다. 구상은 젊은 시절부터 시의 기교
에 관심이 없었다. 시의 연륜이 깊어지면서 시의 기교가 오히
려 내면의 진실을 흐리게 할 수 있다고 생각했다. 교언영색巧言
令色이 선의인鮮矣仁이라고, 내면의 진실이 부족한 사람이 그것
을 감추기 위해 표현 기교로 시를 치장하는 경우가 있다. 그래
서 구상은 과도한 표현의 경사傾斜를 기어綺語라고 꺼려했다.
특히 중앙대학교에서 시를 지도하는 1970년대 중반 이후 그

는 그러한 생각을 강의실에서 피력했고 그의 시론에서도 자신의 의견을 적극적으로 표명했다. 그는 자신의 시가 자연 서정이나 서경敍景보다 "인간이나 현실에 대한 실존이나 실재의 추구와 그 감개感慨 같은 것"이 주제나 제재가 되어 왔다고 단적으로 말했다.[77]

자신의 시에 "찬란한 언어감각이나 그 조탁력"이 빈곤하다는 사실을 인정하면서 원래 아어雅語나 비유적 표현을 습관적으로 사용하는 것을 좋아하지 않는다고 밝혔다. 그보다는 사물과 존재의 다면성과 복합성을 조명하기 위해서는 주의를 집중한 꾸준한 투시가 도움이 된다고 밝혔다. 이러한 측면을 한자어로 표현하여서 촉발생심觸發生心이나 응시소매應時小賣 격으로 시를 써서는 안 되고 관입실재觀入實在의 자세를 가져야 한다고 말했다. 감정이 순간적으로 일어나는 것을 당장에 잠깐 표현하는 것이 아니라 존재의 실상을 응시하여 그 안에 있는 진실을 찾아내는 자세를 가져야 한다는 뜻이다.[78] 이것을 더 풀어 말하면 그때그때 싸구려 물품을 만들어 팔듯이 작품을 써내서는 안 되고 대상에 몰입하여 가장 진실한 모습을 찾아내서 그것을 시로 표현해야 한다는 뜻이다.

---

77 구상, 『시와 삶의 노트』, 홍성사, 2007, 183쪽.
78 위의 책, 186쪽.

그는 이것을 자신의 확고한 창작 방법론으로 내세웠다. 비유의 과잉과 심상의 탐닉을 경계하며 시를 개인적 차원의 자기표현으로 보는 김춘수식의 문학관에 부정적 반응을 보였다. 그는 현실에 대한 일차적 반응에 머물러 있는 참여시의 경향도 비판하고, 아무런 회의 없이 자연에 안주하는 박목월식의 체념적 경향도 부정했다. 구상은 박목월의 「장맛」을 인용하고 다음과 같이 자신의 의견을 밝히는데 여기 그의 문학관이 잘 나타난다.

　시집 『경상도의 가랑잎』에서 보여 준 그의 동양적 노성老成의 경지를 이 「장맛」이란 시는 단적으로 설명해 준다. 그리고 우리도 그가 도달한 인생의 체념이 용이하게 이해된다. 거기에는 이미 삶의 초려도, 정열도, 동요도, 혼란도, 회의도, 공상도, 불안도, 동경도 없다. 거기에는 마치 자연과 같은 절대 안주의 세계가 있다. 정직한 감상을 말하면 이런 경지에 도달한(?) 그가 다시 또 무슨 부질없이 시 같은 것을 써 갈 것인가 하는 생각마저 든다.[79]

79　위의 책, 235쪽.

자연에 절대적으로 안주하는 시를 썼으니 이런 경지에서 그 이상의 시가 나올 수 있겠느냐는 비판이다. 그는 어느 경우에나 인간의 삶을 중시하고 삶의 고민이 담기고 인간적 의미가 담긴 시를 쓰려고 노력했고 타인의 시를 읽을 때에도 그러한 시각에서 문학적 가치를 평가했다.

그는 박목월의 「장맛」과는 내용이 대조적인 고은의 「한식」을 인용하고 다른 관점에서 비판했다. 시골의 척박한 상황을 소재로 삼아 오늘의 현실을 고발하는 내용인데, 조상의 원혼들이 오늘의 농민들에게 투쟁적인 궐기를 촉구하는 내용으로 되어 있음을 지적하면서 우리 사회 현실에 대한 이러한 "괴기한 인식"이 "예술성의 후퇴"를 가져온다고 비판했다. 어디까지나 "사물에 대한 본질이나 실재"를 탐구하는 시심을 견지해야 한다는 것이 그의 일관된 주장이다.[80]

요컨대 구상이 자신의 시에서 추구하고 타인의 시에서도 실현되기를 원하는 것은 "실재를 밝히려는 노력, 형이상학적 인식의 세계"를 중시하는 태도다.[81] 그런데 이러한 문학관은 시를 관념적인 경향으로 끌고 갈 수 있다. 더 나아가서 시를 사상 전달의 수단으로 여기는 도구적 문학관으로 오인될 수

80　위의 책, 262쪽.
81　위의 책, 239쪽.

있다. 바로 이런 점 때문에 "철저히 기교를 거부함으로써 사람들로 하여금 비시적非詩的"[82]이라는 인식을 받게 되었다는 부정적인 의견도 제기되었다.

구상은 사람에게 시가 필요하다고 생각했다. 사람에게 필요한 시가 되려면 적어도 그 시에 진실성이 담겨 있어야 한다. 어떻게 해야 한다는 당위로서의 문학을 거절하고 하나의 사물처럼 존재하면 된다는 자립적 문학관을 가진 사람들이 현대 문예의 주류를 이루고 있지만 구상은 끝까지 세상에 필요한 문학, 인간을 위한 문학을 생각했다. 생각은 그러한데 실천이 그에 미치지 못할 때 구상은 부끄러움을 느낀다. 수치야말로 "인간 구제의 가능성이요, 모든 규범의 시원"이라고 했던 것처럼 그는 자신의 행동이 진실에 미치지 못할 때 부끄러움을 느끼고 그것을 시로 표현한다.

말년의 시집 『인류의 맹점에서』(1998)에 나오는 「고백」은 윤동주의 시에 나오는 "하늘을 우러러 한 점 부끄럼이 없기를"이라는 시구에서 이야기가 시작된다. 하늘을 우러러 부끄러움을 운위하기에는 자신의 마음이 너무나 더럽고 누추하다는 것이다. 간사한 머리로 진선미를 가장하고 건성으로 기도를

---

82 김윤식, 「구상론(하)」, 『현대시학』, 1978. 8, 124쪽.

하고 예배에 참석하니 유대의 바리사이파와 다름이 없다고 스스로를 비판한다. 이렇게 죄 많은 존재이니 예수의 십자가 오른쪽에 매달려 죄를 빌었던 우도右盜처럼 참회의 기도를 올려 보지만 그것이 개심改心으로 이어질지는 자신도 믿기 어렵다고 한탄한다. 50년 넘게 시를 쓴 시인의 발언이니 이것은 그의 진심일 것이다. 이런 유형의 시를 그는 여러 편 썼다.

『인류의 맹점에서』(1998)

　　나는 한평생, 내가 나를
　　속이며 살아왔다.

　　이는 내가 나를 마주하는 게
　　무엇보다도 두려워서였다.

　　나의 한 치 마음 안에
　　천 길 벼랑처럼 드리운 수렁

그 바닥에 꿈틀거리는
흉물 같은 내 마음을
나는 마치 고소공포증
폐쇄공포증 환자처럼
눈을 감거나 돌리고 살아왔다.

실상 나의 지각知覺만으로도
내가 외면으로 지녀온
양심, 인정, 명분, 협동이나
보험에나 들 듯한 신앙생활도

모두가 진심과 진정이 결한
삶의 편의를 위한 겉치레로서
그 카멜레온과 같은 위장술에
스스로가 도취마저 하여 왔다.

더구나 평생 시 쓴답시고
기어綺語 조작에만 몰두했으니
아주 죄를 일삼고 살아왔달까!

그러나 이제 머지않아 나는

저승의 관문, 신령한 거울 앞에서

저린 추악 망측한 나의 참모습과

마주해야 하니 이 일을 어쩌랴!

하느님, 맙소사!

「임종고백」전문

그는 이 시에서 신앙인으로서만이 아니라 시인으로서도 잘못
이 많다고 했다. 그는 마치 자신이 임종을 맞아 최후의 고백을
하는 것처럼 참회의 심정을 표현했다. "나는 한평생, 내가 나
를/속이며 살아왔다."라고 시작하는 이 시에서 자신이 벌인
모든 행동과 신앙생활이 위선에 지나지 않음을 고백했다. 신
앙생활조차 위험이나 죽음을 앞두고 보험을 드는 것 같은 이
기적 행위에 지나지 않는다고 했다. "모두가 진심과 진정이 결
한/삶의 편의를 위한 겉치레로서/그 카멜레온과 같은 위장술
에/스스로가 도취마저 하여 왔다."는 고백은 자그마한 합리화
도 절대 용납지 않겠다는 준엄한 결의를 느끼게 한다. 자신의
모든 행위가 카멜레온 같은 위장술이고 그 위장술에 스스로

도취하여 살아왔다고 고백하는 통렬한 자기비판은 한국문학사 어디에서도 찾아볼 수 없는 독특한 장면이다. 80세를 앞둔 시인이 이렇게 자신을 비판한 사례를 한국문학사는 갖고 있지 않다. 그중에서도 가장 큰 죄는 "평생 시를 쓴답시고/기어綺語 조작에만 몰두"한 것이라고 했다. 머지않아 저승의 관문에서 "저런 추악 망측한 나의 참모습과 마주해야 하니" 정말 큰일이라고 한탄했다. 말년에 쓴 이 시에 과장이나 윤색이 들어 있을 리가 없다. 그의 진심이 담긴 작품이 틀림없다.

시에 대한 자신의 생각을 분명히 드러내면서 자신을 비판한 「나의 시 1」을 보면 그의 생각을 더 잘 파악할 수 있다. 이 시에는 시인의 숨김 없는 자탄이 잘 나타나 있다. 50년 넘게 시를 썼는데 지금도 원고지를 대하면 공백을 채우기 어려우니 길 잘못 들었다는 것이다. 자신의 재주 없음을 고백한 것이다. 쓰기는 많이 써서 이 "소란과 소음"의 세상에서 천 편 가까이 작품을 썼지만 자신의 마음에 드는 시가 한 편도 없으니 참 딱하다고 했다. 그러면 그가 왜 이런 참담한 지경에 이르렀는가? 그는 「시와 기어綺語」에서 시가 어떠해야 하는지를 단적으로 표명했다.

시여! 이제 나에게서

너는 떠나다오.

나는 너무나 오래

너에게 붙잡혔었다.

너로 인해 나는 오히려 불순해지고

너로 인해 나는 오히려 허황해지고

거짓 정열과 허식에 빠져 있는 나,

그 불안과 가책에 떨고 있는 나,

너는 이제 나에게서 떠나다오.

그래서 나는 너를 만나기 이전

그 천진 속에 있게 해다오.

그 어떤 생각도 느낌도 신명도

나도 남도 속이지 않고 더럽히지 않는

그런 지어 먹지 않는 상태 속에 있게 해다오.

나의 입술에 담는 말이

치장이나 치레가 아니요

진심에서 우러나오게 되며

나의 눈과 나의 마음에서

너의 색안경을 벗어 버리고
세상 만물과 그 실상을 보게 해다오.

오오 시여! 나에게서 떠나다오.
나는 이제 너로 인해 더 이상
기어綺語의 죄를 거듭 짓고 짓다가
무간지옥에 들까 저어하노라.

「시와 기어」 전문

시인은 표현 기교 개발에 전념하는 일반적인 시를 부정하고 있다. 시 작품을 써야 한다는 생각에 자신도 모르게 의미보다 표현에 관심을 갖게 하는 태도를 버려야겠다고 말한다. 시인이라는 허명에 기울어 오히려 불순해지고 허황해졌다는 것이다. 시를 쓰다 보면 언어의 마술에 홀려 멋진 시구를 만들어 내려는 유혹에 빠질 수 있다. 대부분의 시인들이 추구하는 표현의 미학조차 시인은 부정한 것이다. 그러면 시인이 원하는 바는 무엇인가? "나도 남도 속이지 않고 더럽히지 않는" 천진을 그대로 드러내는 것이다. 치장과 치레에서 벗어나 세상 만물과 그 실상을 진실하게 드러내는 것이 그가 하고 싶은 일이다. 그 일을 시가 방해한다면 나에게서 떠나 달라고 당부한다.

김의규, 「시와 기어」, 2001년, 판화

기어綺語의 죄를 거듭 짓고 살다가 무간지옥에 빠질지 모르겠다고 탄식하는 내용으로 끝이 났다. 그가 가장 꺼리는 것은 내용의 진실성 없이 표현 기교에만 몰두하는 일이다. 그것을 '기어의 죄'라고 명명했다.

기어에 대한 거부는 한국 현대 시의 고정된 시각을 반성케 하는 의미도 있다. 해방 후 한국문학은 예술적 형상화를 추구하는 방향으로 전개되어 왔기 때문에 그런 흐름 속에서 보면 구상의 문학은 매우 이질적인 지대에 놓여 있다. 구상은 자신의 속마음을 거짓 없이 드러내는 데에서 발견되는, 꾸밈없는 진실을 전달하려고 했다. 그러나 해방 후 한국 문단은 겉을 화려하게 꾸미는 표현 중시의 경향을 보였다. 화려한 수사가 소박한 진실보다 우대받는 경향을 보인 것이다. 구상의 용어로 바꾸어 말하면 기어를 꾸며 내는 것이 시를 잘 쓰는 것이라고 생각해 온 것이다.

여기에는 시의 본령에 대한 망집이 자리 잡고 있다. 남들이 맛보지 못한 특이한 표현으로 독특한 생각을 드러내야 시에 해당한다는 논리가 해방 후 근 80년 한국문학사를 지배해 온 것이다. 구상의 기어에 대한 비판은 우리의 일반적 문학관에 대한 반성과 연결되는 측면이 있다. 구상의 견해에는 소박한 진실이 화려한 수사보다 더 고귀하다는 문학적·윤리적 당위성이 자리 잡고 있다. 과연 시가 무엇이고 시의 본령이 무엇인가를 구상의 관점을 통해 비판해 볼 필요가 있는 것이다. 그것이 해방 후 전개된 편향적 문학사에 균형을 취하는 방법이 될 수도 있다.

그는 「시어」라는 작품에서 위의 시에서 보인 자신에 대한 비판을 시인에 대한 경고의 메시지로 바꾸어 표현하기도 했다. "말의 치장술"에 빠져 진실을 외면하면 시인으로 죄를 짓는다는 훈계다. 그는 이 시에서 "표상表象도 실재實在가 수반되지 않으면" 공감을 줄 수 없다는 철학적 용어를 사용했다. 표상과 실재의 일치를 그는 추구하려 한 것인데 우선적인 것은 실재다. 실재가 진실해야 표상도 진실하다는 생각을 그는 한 것이다. 표상에 치장이 드리워 있다면 이미 실재가 진실하지 못한 것이다. 세상에 필요한 내용, 인간에게 도움을 줄 내용, 이것이 있으면 표상은 저절로 거기 따라오게 되어 있다. 실재가 중심이 되되 실재와 표상이 조화롭게 결합한 시를 그는 추구한 것이다. 구상 시에 그런 작품이 무엇이 있느냐고 누가 물으면 나는 다음 작품을 제시할 것이다. 이 책의 서두 부분에 인용했던 작품이지만 다시 한 번 인용하고 감상해 보겠다.

주일(일요일)마다 명동성당엘 가면

초입 언덕에 구걸상자를 앞에 놓고
뇌성마비로 전신이 비틀린
그 친구가 앉아 있다.

그가 거기 모습을 보이기 시작한 지는
한 5년 되었을까?
나하고는 그 언제부터인지
아주 낯익고 친숙해져서
내가 언덕을 오를 양이면
멀리서부터 혀 꼬부라진 소리를
지르곤 한다.

그런데 그 친구 이즈막에 와서는
더욱더 우리 우정에 적극성을 띠어
지난주에는 주스 한 병을 건네주더니
오늘은 장미꽃 한 송이를 들고 있다가,
그 비틀어진 팔과 꼬인 손으로 내주었다.

그 극진한 우정에 화답할 바를 몰라
나는 마치 무안이나 당한 사람처럼

횡하니 성당엘 들어와 앉는다.

이윽고 나는 장궤틀에 무릎을 꿇고
두 손에 장미를 받들고 기도한다.

하느님! 당신의 영원한 동산에서는
저와 내가 허물을 벗은 털벌레처럼
나비가 되어 함께 날게 하소서!

「어느 친구」 전문

이 시는 시인이 겪은 일을 그대로 적은 작품이다. 사실 그대로
가 이 시의 '실재'다. 5년 전부터 뇌성마비 장애인이 성당 입구
에 구걸상자를 앞에 놓고 앉아 있었는데, 서로 친해지자 그는
나에게 우정을 표현하게 되었다. "전신이 비틀린" 몸도 사실
그대로고 "혀 꼬부라진 소리"를 내는 것도 사실 그대로다. 실
재가 그러하기에 장애인에 대한 부정적 표현 어쩌구 하는 치
장이 들어갈 틈이 없다. 시인은 있는 그대로의 실재를 기술하
고 있다. 그가 선물한 주스 한 병, 장미꽃 한 송이도 사실 그대
로일 것이다. 그러니 그 선물에 호응한 시인의 기도도 사실일
것이다.

이러한 실재에서 형상은 저절로 탄생한다. "당신의 영원한 동산에서" "저와 내가 허물을 벗은 털벌레처럼/나비가 되어 함께 날게 하소서!"라는 형상은 늙은 시인의 몸과 불구의 친구의 몸이 허름한 털벌레의 육신에서 함께 벗어나 꽃동산을 나비로 훨훨 날게 하고 싶은 소망을 표현한 것이다. "나비가 되어 함께 날게 하소서!"라는 마지막 시행에 말로 다 나타내지 못할 인간사의 많은 의미가 함축되어 있다. 이 형상은 실재를 포함하기에 아름답고 감동을 준다.

그가 투병 중일 때 조금 회복된 상태에서 쓴 다음 시는 죽음에 대한 그의 담담한 태도를 보여 주고 있어 가슴을 뭉클하게 한다.

이윽고 저 장밋빛 황혼처럼
나의 이승의 노을에 다가오는
죽음의 그림자마저도, 이 저녁엔
소년 적 해질 무렵이면 찾으시던
어머니의 그 부름, 그 모습처럼
두렵기는커녕 도리어 기다려진다.

「어느 비 개인 석양」 부분

그는 죽음의 그림자를 자신이 어릴 때 부르던 어머니의 모습과 음성으로 표현한다. 어머니의 부름이기 때문에 두렵지 않고 기다려진다고 했다. 그는 자신보다 20년 연하인 삼중 스님이 계단을 힘겹게 오르는 자신을 부축하며 "선생님, 건강하셔야 합니다."라고 말하자 "스님, 저는 지금 죽어도 억울할 것이 없습니다."라고 말했다고 한다. 이 말은 한 치의 과장이 없는 진심 그대로일 것이다. 위의 시가 그 진심을 강력히 표현하고 있다. 진심의 실재에서 거기 따르는 형상이 저절로 창조된 것이다.

24

구상의 인품에 대한 후일담

1974년 1월 세칭 '문인 간첩단' 사건이 터졌다. 이호철, 김우종, 장백일, 정을병, 임헌영 등 다섯 문인이 연루된 사건이다. 일본에서 간행되는 재일동포 월간지 『한양』에 글을 게재하여 원고료를 비롯한 북한 공작금을 받았다는 죄목이었다. 사실은 유신헌법을 반대하는 시국 성명을 내고 개헌을 요구하는 운동이 벌어지자 거기 참여한 문인들을 국가보안법으로 잡아넣으려는 모함이었다. 많은 문인들이 이미 그 잡지에 글을 발표했고 일본통인 구상 시인이 초대 한국 지사장을 맡은 적도 있었기 때문에 전혀 문제 될 일이 아니었다.

피고인들은 『한양』지 발행인인 김기심과 가까운 구상 시인을 증인으로 신청했는데 법정에 출석하기 힘들다는 소문이

전해 왔다. 피고인들은 매우 실망해서 원망 섞인 푸념을 늘어놓았다. 그런데 정작 재판이 열리자 판사석에 법정 서기가 메모를 전달했다. 구상 시인이 시간이 나서 나왔으니 즉시 증인석에 세워 주길 바란다는 내용이었다. 구상은 자신이 증인으로 나온다고 미리 얘기를 하면 여러 가지 방해 공작이 있을 것으로 짐작하고 시간이 없어 못 나온다고 연막전술을 편 것이다. 증인석에 선 구상은 자신이 여기 앉은 사람들보다 『한양』지 사장이나 편집장과 훨씬 가깝다고 하며 피고들의 무죄를 역설했다. "묵직한 성조로 느릿느릿 설득력 있게 증언해 주었다."고 당사자 임헌영이 기술했다. 그들이 출감한 후 구상은 고생한 사람들을 위해 술자리를 마련하고 "뭔가 옳다고 판단하면 자신은 당장이라도 연령에 개의치 않고 실천하고 싶다는 취지의 말을 예의 그 느릿하고 육중한 투의 눌변으로 신뢰감 있게 토해 냈다."고 현장에 있었던 임헌영이 기술했다.[83]

1960년대 말 『한국일보』 편집부에서 고정 칼럼을 연재해 달라고 청탁했더니 구상은 자신이 쓴 글 몇 편을 내주며 이 글을 실을 수 있다면 연재하겠다고 했다. 그 글 한 편의 내용은 이러했다. 1968년 정부가 광화문을 보수하며 문루에 박정희

83　임헌영,「구도자의 미학을 실현한 시인」,『홀로와 더불어』, 나무와숲, 2005, 279-280쪽.

대통령이 한글로 휘호한 현판을 달았는데, 구상이 이것을 비판한 것이다. 박정희 대통령이 많은 능력을 가지고 있었는데 이제는 인간 관리 능력에 한계가 와서 아랫사람들의 아첨에 넘어가 서예 대가의 휘호를 제치고 자신의 글씨를 현판에 거는 일을 했으니 이것은 능력의 한계를 여실히 드러낸 사건이라고 했다. 바로 이런 점 때문에 민주국가에서 대통령의 임기를 8년으로 제한하는 것이 아닌가라는 내용까지 들어 있었다. 대통령의 한글 휘호는 물론이요 장기 집권까지 비판한 내용이니 당연히 신문에 실을 수 없었다.[84] 이처럼 그는 비판적 태도를 견지하면서도 그러한 내용의 논설이 신문에 실릴 수 없다는 이해력도 갖추고 있었다.

그로부터 10년 정도 시간이 흐른 후 친지가 자택을 방문하니, 신문에 통일에 대한 글을 쓴 이유로 중앙정보부에 끌려가게 되었다고 염려하며 내복부터 챙겨 놓고 있었다. 얼마 후 김재규 중앙정보부장에게서 연락이 와서 만났더니 "백면서생이 국내외 정세를 잘 모르고 그런 글을 썼으니 잘 설명해 드리라"는 대통령의 지시를 받았다고 하면서 상세한 설명과 훌륭한 식사를 대접하더라는 것이다. 구상은 이 말을 하며 이것이 "박

---

84 권정신, 「선생님 선생님 구상 선생님」, 『홀로와 더불어』, 480쪽.

첨지의 마지막 우정"인 듯하다며 웃음을 지었다고 했다.[85]

그 마지막 우정에 보답하기 위해 대통령에게 직언을 하려고 면담 신청을 해 놓았는데 연락이 오지 않았다. 얼마 후 10·26이 터져 박 대통령은 구상을 만나지 못하고 세상을 떠났다. 구상과 박정희의 마지막 만남은 성사되지 못했고 구상은 박정희 영전에 조시를 써서 위로했다.

구상은 1995년과 1998년에 교통사고를 당해 건강을 많이 상했다. 1995년 초 미국에 체류하던 딸네 가족을 만나러 갔다가 자동차 사고를 당해 입원했고, 1998년 봄 한국에서 또 한 차례의 사고를 겪었다. 두 번째 교통사고의 후유증은 말년까지 지속되어 구상을 괴롭혔다. 폐 수술의 합병증인 천식으로 인한 호흡곤란과 당뇨, 망막염, 전립선 질환이 노년기의 지병이었다. 그래도 가톨릭 행사나 국경일 행사에 가능한 한 다 참석했고 문인들을 위한 모임에도 꾸준히 참석했다. 특히 박희진, 성찬경 시인과 함께하는 공간시낭독회에 정성을 기울여 오랫동안 참석했다.

공간시낭독회는 2층에서 진행했는데 남보다 일찍 온 구상은 1층에 앉아 사람들과 담소를 나누다가 올라갔다. 그는 다

---

85 위의 책, 482쪽.

른 사람들이 다 올라간 후에야 좀 늦게 혼자서 계단을 올랐다. 다리가 불편하고 호흡곤란이 있었던 구상은 앞서 올라가면 남들이 자신을 부축하기 때문에 남들에게 폐를 끼치지 않으려고 일부러 나중에 올라온 것이다. 다른 사람들에게 베풀기는 잘했지만 다른 사람에게 폐를 끼치는 것은 극도로 꺼려했던 구상의 성품을 알 수 있다.

그러던 어느 날 낭독회에 평소보다 조금 늦게 나왔고 안색도 좋지 않았다. 낭독을 끝낸 구상은 바로 전날 나라의 큰 행사가 있어서 건강이 좋지 않은 상태로 그 행사에 나갔었다고 하면서 오늘 여기 안 오면 큰 행사에만 나가고 작은 행사엔 안 나온다고 생각할까 봐 오전에 링거 맞고 이렇게 나왔다고 해명 삼아 말했다. 매사에 충실하려고 애쓴 구상의 인품을 알려주는 사례다.

구상은 박삼중 스님과 함께 교도소 교화 사업에 일찍부터 참여했다. 박삼중 스님은 교도소의 부처로 소문난 사형수 최재만을 1983년 7월에 만났다. 그는 1981년 살인 혐의로 사형을 구형받았으나 처음부터 결백을 주장했고 형이 집행되지 않은 상태에 있었다. 삼중 스님은 최재만의 재심 청구를 신청했으나 받아들여지지 않았다. 많은 사람들이 탄원서를 내고, 이 사실을 알게 된 구상은 최재만을 양아들로 삼았다. 구상과 친분이 있는 배명인 전 법무부 장관의 도움과 삼중 스님의 노력으로 최재만은 1988년 2월 특별사면에 의해 무기로 감형되었다. 이 사건은 당시 MBC '수사반장' 드라마로 방영되기까지 했다. 그 후에도 최재만은 구상을 아버지로 여기며 옥중 서신을 보냈다. 구상은 실명은 밝히지 않고 60행이 넘는 긴 시로 이 사연을 표현했다. 다음은 그 시의 일부다.

오늘도 어버이날에 맞춰서
교도소에 있는 의義아들로부터
편지가 왔다.

"아버님, 올해도 꽃 한 송이
가슴에 달아드리지 못하고
이렇게 마음만 전하옵니다"
라는 사연이었다.

그 애는 15년째 옥살이를 하는 무기수,
아니, 경찰의 모진 고문으로 조작된
살인강도죄로 사형선고를 받고서
그 집행의 날만을 마음 졸이다가

어느 스님의 앞장선 탄원으로
겨우 목숨만을 건진 40세의 젊은이

그 구출 서명에 동참한 인연으로
나와는 부자지연父子之緣까지 맺게 되었지만
무능하고 부실하기 짝이 없는 이 애비,

(중략)

오늘도 나는 그 애의
글발을 읽고 되읽으며
그 애에게서가 아니라 내가
그 가슴에 꽃을 달 날이
내 눈에 흙이 들어가기 전 있기를
눈물로써 빌 뿐이다.

「어버이날에 온 편지」부분

1987년에 둘째 아들을 잃고 1997년에 큰아들도 잃은 구상은
최재만을 양아들로 삼고 그의 구명을 위해 물심양면으로 힘
을 썼다. 최재만이 석방될 수 있다는 말에 구상은 나가기 싫은

방송 프로에도 출연하여 도움을 주었다. 2000년 5월 10일 '부처님 오신 날' 특사로 최재만이 가석방되었을 때 구상은 눈물을 흘리며 좋아했지만 언론 인터뷰 같은 것은 일체 응하지 않고 모든 공을 박삼중 스님에게 돌렸다. 일이 마무리된 다음 배명인 전 법무부 장관이 석방에 공이 많은 사람들을 저녁 식사에 초대했다. 몸이 불편한 구상을 배려해 집에서 가까운 여의도 식당에 예약을 하고 구상을 모시러 자택으로 갔는데 벌써 식당으로 떠났다는 것이다. 식당에 도착하니 82세의 구상이 깨끗한 한복을 입고 식당에 앉아 있었다. 식사가 끝난 후 배명인 장관이 계산을 하려고 하니 벌써 계산이 끝났다고 했다. 구상이 제일 먼저 와서 계산을 전담하기로 해 놓고 일행을 기다린 것이다. 배명인 장관이 무어라 하자 그는 자신의 아들이 나오도록 여러 사람이 힘썼으니 자신이 내는 것이 당연하다고 했다. 이처럼 그는 남에게 베풀려고 애썼고 남의 신세 지는 것을 극도로 피했다.

구상은 북한에서 투옥당해 순교한 것으로 추정되는 가형家兄 구대준 가브리엘 신부의 사제 서품 40주년을 맞아 신부를 위한 기념 미사를 하고 싶었다. 그때가 1980년이다. 그래서 구상은 자신이 소장하고 있던 이중섭의 그림을 호암미술관에 넘기고 사례로 받은 1억 원을 베네딕도회 수도원의 장학 기금으로 희사했다. 가족에게 1억 원짜리 수표를 보이며 이렇게 큰 금액의 수표를 봤느냐고 한번 만져 보라는 농담을 하고 그대로 수도원에 보냈다고 한다.

구상은 1963년 세상을 떠난 공초 오상순을 추모하고 기념하는 모임의 이름을 공초숭모회空超崇慕會로 정하고 스스로 회장을 맡아 기념사업을 펼쳤다. 어떤 단체의 장도 마다했던 구상이 스스로 회장을 맡은 것은 이례적인 일이었다. 오상순의 25주기가 되는 1988년 오상순의 묘소에서 추모제를 갖고『현대 한국의 초인, 시인 공초 오상순』이라는 추모 문집을 간행했다. 1991년에는 공초문학상과 기념사업을 위한 모금 운동을 벌였다. 그는『서울신문』의 후원으로 프레스센터 1층을 빌려 10월 29일부터 11월 9일까지 시서화 애장품전을 열고 작품을 팔아 기금을 마련하려고 했다.

구상이 알고 있는 문인과 화가, 서예가들의 소장품 137점이 출품되었다. 그러나 전시회가 끝나 가도 작품이 거의 팔리지 않았다. 구상은 시인 이근배에게 부탁하여 작품을 사 갈 사람을 물색하도록 했고, 이근배는 금성출판사 대표인 김낙준 사장에게 연락해서 작품 인수를 부탁하고 시서화 전체를 1억 3천만 원에 양도했다. 그 돈에서 전시 비용과 부대 비용을 빼고 나머지 금액 전체를『서울신문』에 기탁하여 공초문학상을 운영하도록 요청했다. 구상은 다음과 같은 취지문을 문서로 전했는데, 나는 이 글을 한국문학사에 남을 명문名文의 하나로 기록하고 싶다.

세상이 다 아다시피 공초 오상순 선생의 그 삶을 현실적으로 살핀다면 그야말로 뜬구름 같았기에 그 업적과 행적을 기려 시류時流의 문학상 같은 것을 설정한다는 것이 오히려 부질없다 하겠다. 그럼에도 불구하고 이를 발기한 내심을 이 자리를 빌려 실토하면 저렇듯 초탈한 삶을 사신 선생에게 무위이화無爲而化의 훈도를 직간접으로 받은 세대들이 차츰 사라지고 나면 후사도 없는 그분인지라 저 수유리 묘소마저 발총發塚이 될 우려가 없지 않아 그저 살아 있는 제자들의 도리랄까, 충정이랄 수밖에 없었던바, 이에 문학상을 제정, 그분을 기리기 위함이다.

1991년 10월 20일 공초 오상순 선생 숭모회 회장 구상 합장

이 글을 읽으면 문학상은 바로 이런 맥락에서 제정되어야 옳은 것이구나 하는 생각이 들며 '시류의 문학상' 운영에 대한 반성이 든다. 짧은 글이지만 저절로 감화를 입은 제자의 꾸밈 없는 충정이 절제의 정신으로 자연스럽게 다가오는 감동적인 문장이다. 1993년에 제1회 시상식이 개최되어 지금까지 지속

『솟대문학』발행인 방귀희(오른쪽)와 함께

되는 공초문학상은 이러한 사연으로 기틀이 마련된 것이다. 이렇게 기반을 마련한 후 구상은 공초숭모회 회장을 바로 다른 사람에게 넘겼다.

구상이 교통사고 후유증으로 요양 중이던 2001년 가을, 휠체어 장애인 돕기 운동을 하는 '한벗장애인이동봉사대'에 전화를 걸어, 기부를 할 테니 내 이름은 절대 내세우지 말고 후원금만 받아 두라고 했다. 이 봉사대는 4년 전 세상을 떠난 장남 구홍이 회원으로 활동하던 단체여서 구홍의 이름으로 기부한다는 뜻을 밝혔다. 전해 온 것은 2천만 원이 든 통장이었다. 구상은 후원금을 보냈을 뿐 그와 관련된 행사에 일절 관여하지 않았고 자신의 이름도 내비치지 않았다. 이 단체는 2006년 '한벗재단'으로 발전하였다.

한국장애인문인협회를 결성하고 『솟대문학』을 발행하는 방귀희와의 인연은 특별하다.[86] 1990년 12월 7일 한국일보사 강당에서 협회 창립총회를 할 때 대부분의 문인들이 불참했지만 구상은 중절모를 쓰고 지팡이를 짚은 차림으로 참석했다. 너무나 놀랍고 반가워 "어머, 선생님 정말 오셨네요."라고 방귀희가 인사말을 건네자 구상은 "아, 그럼 정말 오지, 가짜로 오나." 하고 웃으며 답했다. 어렵게 『솟대문학』을 간행하여 꾸려 갈 때 구상은 솔선해서 방귀희에게 전화하여 잡지의 광고주를 연결해 주었고 후원자를 소개해 주기도 했다. 휠체어를 타고 들어갈 수 있는 식당으로 초대해 식사를 대접하고 맥주도 사 주었다.

1998년 봄 교통사고 이후로 외부 활동이 어려워지자 구상은 방귀희를 집으로 불렀다. 솟대문학상 기금으로 사용하라고 아무 조건 없이 5천만 원을 내주었다. 구상은 이 돈도 구홍이 남긴 것을 주는 것이라고 했다. 1999년 3월 26일의 일이라고 방귀희는 날짜까지 정확히 기록했다. 그로부터 1년이 지난

---

86   이 이야기는 방귀희, 「시인 구상, 스승 구상」, 『솟대평론』, 2019. 여름호, 10-35쪽의 내용을 요약하고 인용한 것이다.

2000년 11월 2일 구상은 다시 방귀희를 불렀다. 구상은 또 5천만 원을 내주었다. 방귀희는 너무 놀라 소리를 질렀다고 했다. 그로부터 2년이 지난 2002년 10월 4일 또 방귀희를 불렀다. 이번에는 1억 원을 내주었다. 84세의 노시인이 베푸는 은혜에 방귀희는 너무나 놀랍고 당황스러워 눈물을 쏟으며 "선생님, 나중에 주세요, 나중에요."라고 사양했다. 구상은 "더 늙으면 정신이 흐려져서 어떻게 될지 몰라. 마침 서재를 정리해서 생긴 돈이니까 어서 가져가라구." 하고 담담히 답했다. 본인이 기부했다는 것은 아무에게도 알리지 말라는 말만 덧붙였다. 2억 원을 기부하면서 아무에게도 이것을 알리지 말라고 신신당부한 것이다.

2004년 구상이 성모병원 중환자실에 입원해 있을 때 방귀희가 아픈 마음을 누르고 병문안을 갔다. 산소호흡기에 의지해 누워 있는 구상에게 방귀희는 회원들의 소식과 앞으로의 계획, 『솟대문학』을 계속 만들겠다는 약속까지 모든 말씀을 올렸다. 구상은 오른쪽 손을 들어 손가락으로 글씨를 남겼다. "고마워." 이 한마디가 구상이 방귀희에게 남긴 마지막 말이었다. 방귀희는 이 말이 구상의 "사상과 문학과 철학의 키워드"라고 했다. 맞는 말이다. 방귀희는 구상이 우리 시대의 큰 스승이고 더 나아가 우리 국민의 성인이라고 했다. 방귀희의 입장에서는 그것도 맞는 말일 것이다.

구상은 은수자 같은 아내와 함께 근검절약으로 평생을 살았고 돈이 모이면 남을 위해 썼다. 1998년 구상의 팔순을 맞아 1976년 중앙대학교 입학 때부터 입학 동기로 수업을 받은 76학번 제자들이 팔순 잔치를 마련해 드렸다. 남에게 신세 지기를 싫어하는 구상은 제자들의 제안에 강하게 반대했다. 삼고초려가 아니라 관수재를 다섯 번 방문하고 몇 가지 조건을 달고서야 간신히 허락을 받았다. 구상 선생이 겨울에 늘 두루마기를 입고 다니기에 제자들은 두루마기를 맞추어 드렸다. 그것을 미리 말씀드리면 팔순 잔치마저도 취소하라는 호령이 떨어질 것 같아 구상의 와이셔츠 치수를 알아 비밀리에 일을 진행했다. 잔칫날 두루마기를 건네드리자 구상은 "꾸지람 반 고마움 반"으로 받아 주었다. 그러면서 말하기를 본인이 입고 있는 두루마기는 6·25 때 미군에게 받은 군복 천을 염색해서 만든 것이라고 했다. 제자들은 구상의 근검절약에 모두 감탄했다.[87]

구상의 삶은 한국 현대사의 질곡과 파란을 그대로 반영한다. 3·1운동이 일어난 해에 종로구 이화동에서 태어난 구상은

---

87 이진훈, 「아, 구상 선생님」, 『홀로와 더불어』, 368쪽.

원산으로 이주하여 성장했고, 일본 유학 중이던 큰형은 1923년 관동대지진 때 행방불명되었으며 신부가 된 둘째 형은 분단 이후 공산당에게 납치되어 생사를 알 수 없게 되었다. 북한에서 필화 사건으로 박해를 받아 단신 월남한 후 북에 계신 모친이 타계했다는 것도 남을 통해 들었을 뿐 묘소에 참배도 하지 못했다. 육군 정훈국 문관 자격으로 군복을 입고 종군했으며, 중증 폐결핵으로 죽을 고비를 몇 번이나 넘겼고, 두 아들을 앞세우는 참척의 고통을 겪었다. 구상의 일생은 병고와 파란으로 점철된 것이었다. 그가 고생하는 제자에게 보낸 한 줄 글귀에 그의 삶이 그대로 투영되어 있다. 그는 자신이 지켜 온 삶의 지향을 제자 이승하에게 당부의 말로 전했다. "자네의 병약도 파란도 그 모두가 하느님의 섭리임을 깨닫고 정녕 그리스도와 십자가를 함께 지는 용기와 인내와 사랑으로 나아가세. 그때 비로소 신령한 변화를 그 모두에게서 맛볼 것이네."[88] 이것이 그의 세계관이요 인생관이요 삶의 지향이요 문학관이었다. 그가 이렇게 살았기에 다른 누구에게도 똑같은 말을 하였던 것이다.

2003년부터 여러 가지 합병증으로 구상의 병세는 급격히

---

88   이승하, 「시인과 인간이 일치된 큰 어른」, 위의 책, 395쪽.

악화되어 중환자실에서 일반 병실로, 퇴원과 재입원으로 오가는 일을 반복했다. 한쪽 폐가 없는 상태에서 합병증을 겪으니 중환자실에서도 폐 기능이 회복되지 않았다. 여의도성모병원으로 옮겨 온갖 방법을 동원하여 폐 기능을 살려 냈으나 정상적인 생활은 유지하기 힘들었다. 1년여 동안 온갖 고통을 겪으면서도 그는 주위 사람들에게 고마움을 표하는 것을 잊지 않았다. 문병 오는 사람들을 미소로 맞이하고 자신이 고통을 감내하는 방식이 어떠한가를 보여 줌으로써 타인을 교화하는 모습을 보였다. 그의 마지막 시간을 1년간 지킨 의사는 인간의 고통이 "그것을 극복하려고 노력하는 과정에서 많은 사람을 순화시키는 참으로 신비한 힘을 내포하고 있다는 것을 깨닫게 되었다."[89]라고 회고했다. 구상의 경우가 아니면 나올 수 없는 발언이요 사례일 것이다. 마치 예수의 마지막 고난처럼 구상은 자신의 고통을 통해 타인을 순화한 것이다.

---

89 맹광호, 「주치의로 그분과 함께한 30년」, 위의 책, 478쪽.

25

거인과의 이별

1993년 11월 5일 부인 서영옥 여사가 병환으로 세상을 떠나고 7일에 여의도성모병원에서 장례미사가 있었다. 1945년 4월에 결혼하여 만 48년을 해로한 것이다. 고인의 떠남을 슬퍼하듯 스산한 바람이 불고 겨울을 재촉하는 비가 뿌리기 시작했다. 구상은 부인의 장례미사에서 인사말을 했는데 가족 칭찬은 절대 하지 않는 그의 평소 법도를 지키면서도 의례적인 수사가 아니라 마음 깊은 곳에서 우러난 진심을 표현했다.

그의 말은 대체로 이러했다. 모르는 사람들은 저더러 의사 마누라 덕을 보았다고 하지만 사실 이 사람만 믿었다가는 우리 식구는 굶어 죽었을 것이라고 농담 비슷하게 이야기를 시작했다. 조문객들은 울음을 삼키며 웃기도 했다. 이 사람은 일

상적인 업무 외에는 복지 기
관이나 불우 환자들을 보살피
느라고 돈벌이를 하지 못했
으니 무능한 사람이라고 했
다. 그러나 바로 그렇기 때문
에 그는 숨어서 남을 섬긴 은
수자隱修者라는 생각이 든다고
했다. 잠시 말을 멈추었다가
이 모든 것이 인연이고 아내
와의 좋은 인연에 감사한다는

부인 서영옥 여사와 함께

말로 끝을 맺었다. 내용을 보면 가톨릭 장례미사에서 불교의
인연설을 더 많이 포함시킨 것이다. 신부 다섯 분과 수녀 여러
분이 함께 있었지만 모두들 감동적인 인사말이었다고 회고했
으니 구상은 장례식장에서도 종교의 울타리를 허물고 대자유
의 정신을 실현한 셈이다.

구상은 부인 장례 때의 일화를 소재로 「수의」라는 시를 지
어 「모과 옹두리에도 사연이」의 한 편으로 넣었다. 아내를 영
안실에 안치하고 대합실 돗자리 한구석에 멍하니 앉아 있었
는데, 며느리와 딸과 처제가 무어라 말을 나누더니 자신에게
다가와 수의가 한 벌에 50만 원부터 최상품 120만 원까지 있

는데, 중간 가는 65만 원짜리를 골랐으니 어떠시냐고 의견을
물었다. 평소 같으면 으레 "알아서들 하렴" 그랬겠지만 평소
진료복 차림 그대로의 부인 영정 사진을 보니 "평생 옷 한 벌
해 줘 본 적이 없구나" 하는 생각이 들어 마치 화난 사람처럼
"그거 120만 원짜리, 120만 원짜리로 해라!"라고 내뱉고 옆으
로 돌아앉아 버렸다고 했다. 평생 옷 한 벌 제대로 해 준 적 없
고 따스한 말 한 번 건넨 적 없는 보수적인 노시인의 애틋한
망부가다.

당시 장례에 참여하여 발인 미사에 임하고 장지까지 운구
를 모신 제자들은 이런 사연을 알 리가 없다. 그때 함께했던
제자들의 머리에 가장 강하게 남아 있는 것은 "빨리 해! 빨리
해!"라는 구상 시인의 외침 소리였다고 한다. 당일 아침에 가
을비가 스산하게 내렸는데 안성 천주교 묘지에 도착하자 비
가 더욱 많이 내려 문상객들이 당황했다고 한다. 구상은 제자
들을 포함한 참배객들이 자신의 가족장 때문에 고생을 하는
것이 안쓰러워 어떻게든 장례를 빨리 치르라고 일하는 사람
들에게 재촉했다는 것이다. 평생 숨어서 남을 섬긴 은수자의
마지막 길에서도 자신을 드러내지 않고 스스로를 낮추어 다
른 사람들의 불편을 감해 주려고 한 구상의 성격이 그대로 드
러나는 대목이다.

그로부터 11년 후 2004년 5월 11일 여의도성모병원 중환자실에서 구상이 세상을 떠났다. 장례식에 참석하는 사람들의 편의를 위하여 강남성모병원 장례식장에 빈소를 차렸다. 13일에 발인하여 명동성당에서 장례미사를 모시고 부인 서영옥 여사가 잠들어 있는 안성 천주교 묘지에 합장했다. 빈소에서 장지에 이르는 전 과정에 구상의 포용적이고 대승적인 인품의 아우라가 그대로 드러났다. 50년 전 서울 환도로 대구를 떠나는 구상을 환송하기 위해 대구 역전에 사람들이 모여들었던 것처럼 각양 각지에서 온 추모의 발길이 그치지 않았다. 빛나는 별을 단 고관대작으로부터 붉은 줄이 그어진 전과자까지, 승려, 신부, 수녀들은 물론이요 휠체어를 탄 장애인까지 신분의 상하 귀천을 넘어서서 많은 사람들이 모여 추모의 정을 바쳤다. 정부에서는 고인의 업적을 기려 금관문화훈장을 추서했다.

구상이 세상을 떠난 당시에는 그저 유명 원로 시인 한 사람이 떠나는 정도로 사람들이 이해했다. 그러나 시간이 흐를수록 그의 빈자리가 너무나 크게 다가오고, 우리 시대에 다시 만나기 어려운 위대한 인격자가 세상을 떠났음을 새롭게 깨닫게 되었다. 세상에는 훌륭한 인품으로 남을 감화시킨 사람도 있고, 독실한 종교 생활로 타인의 모범이 된 사람도 있고, 감

2004년 김수환 추기경의 주례로 명동성당에서 거행된 시인 구상의 장례미사

동적인 문학작품을 창작하여 사람들의 마음을 움직인 사람도
있지만, 한 몸으로 이 세 분야를 종합해서 실천한 사람은 거의
없다. 구상은 진실로 이 셋을 겸한 사람이었다. 그것도 질곡의
시대와 파란의 역사를 넘어서서 개인의 시련과 병고를 극복
하고 그 일을 이룩했으니, 그는 진정한 의미의 구도 시인이다.

그는 거인이었으나 전혀 그런 티를 내지 않고 침묵과 겸손
으로 우리 주위에 나무의 그늘만을 드리워 주었다. 우리는 그
그늘이 어떤 그늘인지도 모르고 그저 그 안에 들어 휴식을 취
하고 위안을 얻었다. 거기서 걸어 나와 그늘을 조성한 나무의

줄기와 잎과 뿌리를 보고 전체의 윤곽을 파악하고서야 비로소 그 나무가 크기를 헤아릴 수 없는 거목巨木이었음을 깨닫게 된다. 우리 곁에 성인이 계셨고 부처가 오셨으나 그 곁에 있을 때는 그저 평범한 이웃인 줄 알았다는 옛이야기가 떠오른다. 구상은 우리에게 바로 그런 인물이었다.

그런 거인을 우리 시대에 다시 만날 수 있을까? 아마도 내 당대에는 불가능할 것 같다. 나는 그렇게 믿는다. 그러한 믿음을 가진 사람이 우리 주위에 많이 있을 것이다. 이 글을 쓰면서 그런 생각이 더욱 뚜렷해지는 것을 자각할 수 있었다. 이것이 지난 일 년 동안 이 글을 쓰면서 얻은 수확이다.

1919년	음력 8월 18일 서울 종로구 이화동에서 부 구종진(프란치스코)과 모 이정자(마리아)의 막내로 출생. 본명은 구상준具常浚.
1923년(5세)	함경남도 원산 근교 덕원으로 이사하여 성장.
1927년(9세)	보통학교 입학.
1933년(15세)	덕원신학교 중학부 입학.
1936년(18세)	3학년까지 다니고 자퇴.
1937년(19세)	동성상업학교 수학.
1938년(20세)	일본으로 도항.
1939년(21세)	일본 동경 일본대학 전문부 종교과 입학.
1940년(22세)	여름, 부친 타계.

1941년(23세)	12월 일본대학 졸업하고 귀국.
1942년(24세)	『북선매일신보』 기자 취직.
1943년(25세)	형 구대준 신부가 운영하는 흥남본당 부설 의원 의사 서영옥(테레사)과 약혼.
1944년(26세)	폐결핵 발병으로 수도원 산장에서 요양.
1945년(27세)	4월 서영옥과 결혼.
1946년(28세)	원산문학가동맹 가입. 12월 『응향』에 시 발표.
1947년(29세)	1월 『응향』에 대한 규탄과 비판이 제기. 2월 단신으로 북한을 탈출하여 서울에 도착. 4월에 부인도 월남하여 재회. 『부인신보』 기자로 취직.
1948년(30세)	폐결핵 재발. 4월 장남 구홍 출생. 마산 요양원에 입원하여 10개월 요양.
1949년(31세)	『연합신문』 문화부장. 겨울부터 육군 정보국의 문관이 되어 첩보부대의 홍보물과 격문 제작.
1950년(32세)	6·25로 남하. 9·28 서울 수복 때 선발대로 입성. 『승리일보』 제작 배포.
1951년(33세)	1·4 후퇴로 대구로 내려와 정훈국 문관으로 근무하며 종군작가단을 결성하고 부단장을 맡음. 5월 시집 『구상』 출간.
1952년(34세)	『영남일보』 편집국장 취임. 3월 차남 구성 출생. 효성여대 부교수로 강의.

1953년(35세)	사회평론집『민주고발』간행했으나 발매 금지 처분.
1955년(37세)	왜관에 정착. 부인이 순심의원 개원. 금성화랑무공훈장 수훈.
1956년(38세)	제2시집『초토의 시』출간.
1957년(39세)	1월 장녀 구자명 출생. 10월 서울시문화상 수상.
1959년(41세)	조작된 레이더 사건으로 국가보안법에 의해 6개월간 투옥.
1962년(44세)	5월『경향신문』동경 지사장을 맡아 일본으로 출국.
1965년(47세)	폐결핵 재발 1년간 와병.
1966년(48세)	4월 일본으로 출국하여 동경 근교 기요세의 오리모토 병원에 입원하여 두 차례의 폐 수술을 받음.
1967년(49세)	1월부터「밭 일기」101편 연재. 11월 치료를 마치고 귀국.
1970년(52세)	3월 미국 하와이대학교 초빙교수로 출국. 11월부터 연작시「모과 옹두리에도 사연이」연재.
1973년(55세)	하와이대학교 극동어학과 초빙교수를 끝마치고 8월 귀국.
1974년(56세)	서울 여의도 아파트로 이사.
1975년(57세)	『구상문학선』출간.
1976년(58세)	중앙대학교 문예창작과 대우교수 취임.

1980년(62세)	시집 『말씀의 실상』 출간.
1981년(63세)	시집 『까마귀』 출간.
1982년(64세)	하와이대학교 동서문화센터 초빙교수로 출국.
1984년(66세)	자전 시집 『모과 옹두리에도 사연이』 출간.
1985년(67세)	『구상연작시집』 출간.
1986년(68세)	『구상 시 전집』 간행.
1993년(75세)	9월 대한민국예술원상 수상. 11월 아내 서영옥(테레사) 여사 타계.
1998년(80세)	시집 『인류의 맹점에서』 출간.
2004년(86세)	5월 11일 타계. 천주교 안성추모공원에 안장. 금관문화훈장 추서.

평전을 쓴다는 것은 한 사람의 일생을 복원하는 일이다. 일생
을 복원하되 어디에 초점을 두느냐에 따라 평전의 성격이 달
라진다. 이 평전의 대상인 구상 선생은 매우 복합적인 삶을 살
아간 분이다. 그는 어릴 때 집안의 분위기에 따라 사제가 되는
코스를 밟기도 했고, 일본 유학을 마치고 성인이 되어서는 언
론인으로 첫걸음을 내디뎠다. 월남 후에도 언론인으로 활동했
지만, 전쟁의 참상을 겪으며 사회정의에 관심을 두었고 문학
적으로는 시 창작에 정력을 기울였다. 시인의 길을 밟아 가면
서도 많은 산문을 쓰고 희곡도 쓰고 시나리오도 썼다. 다양한
활동을 하며 85년의 삶을 살았는데, 그 전 과정을 통해 일관되
게 지킨 것은 가톨릭 신앙과 인간에 대한 성찰이다. 그의 문학

은 여느 사람처럼 사춘기적 격정으로 출발한 것이 아니다. 그의 문학 전반은 가톨릭 신앙과 인간 성찰의 결과를 언어로 표현한 것이다. 이러한 창작의 위상은 한국문학사에 거의 유례가 없는, 매우 희귀한 자리에 놓인다. 그런 점에서 구상은 구상만이 할 수 있는 일을 하고 구상만이 쓸 수 있는 작품을 썼다고 말할 수 있다.

1950년대에 구상이 가장 아낀 인물은 화가 이중섭이요 가장 존경한 인물은 공초 오상순이다. 지금 이중섭은 모르는 사람이 거의 없지만, 오상순은 아는 사람이 별로 없다. 구상은 오상순이 이렇게 망각의 인물이 되리라는 것을 자신의 혜안으로 간파했다. 오상순에게는 가족이 없었고 문학적 명성도 없었고 남긴 유산도 없었다. 그래서 구상은 무리를 해 가며 오상순 기념사업을 앞장서 일으키고 그 기반을 다졌다. 목적은 오로지 하나, 오상순의 고결한 인품을 후세에 전하기 위해서다. 그러면 구상이 인식한 오상순의 고결함은 무엇인가? 해방 후 대부분의 사람들이 이익과 명예를 탐하여 실리 추구의 태도를 보였는데, 오상순은 천진한 청년들과 더불어 순수의 세계를 지킴으로써 세상의 균형을 유지하려 했다고 본 것이다. 오상순이라는 순수의 수호자가 있기에 세상의 혼탁에도 불구하고 삶의 균형이 유지된다고 구상은 이해한 것이다.

이러한 시각은 구상의 문학에 그대로 적용된다. 해방 후 한국시는, 말로는 형식과 내용이 조화를 이룬 총체적 상태를 지향한다고 했지만, 사실은 표현 기법, 감수성, 언어 미학을 중시하는 경향을 보였다. 새롭고 개성적인 레토릭이 소박한 진실보다 우대받는 경향을 보인 것이 사실이다. 여기에는 시의 본령에 대한 망집이 자리 잡고 있다. 남들이 맛보지 못한 특이한 방법으로 독특한 생각을 표현해야 시가 된다는 논리가 해방 후 근 80년 동안 한국문학사를 지배해 왔다. 구상은 1970년대 중반 이후 자신이 깨달은 삶의 진실을 소박한 언어로 표현하는 데 전념했다. 구상의 문학은 소박한 진실이 화려한 수사보다 더 고귀하다는 문학적·윤리적 당위성에 바탕을 두었다. 그런 점에서 구상의 문학은 한국시의 편향적 흐름에 균형을 잡는 역할을 했다고 평가할 수 있다. 과연 시가 무엇이고 시의 본령이 무엇인가를 구상의 관점을 통해 반성해 볼 필요가 있는 것이다.

나도 이 글을 쓰면서 사적인 망집에서 벗어날 수 있었다. 시의 사상이 장미 향기처럼 느껴지는 통합적 감수성을 지닌 시가 좋은 시라는 엘리엇의 생각이 젊은 시절부터 지금까지 내 머리를 지배하고 있었다. 구상의 삶을 이해하며, 올바른 생각을 소박하게 언어로 표현한 시도 얼마든지 좋은 시가 될 수 있다는 생각을 하게 되었다. 이것이 구상의 문학이 내게 전해 준 소중한 덕목이다. 구상 선생과 생전에 맺어진 인연이 이렇게 이어질 줄은 몰랐다. 그 인연의 신비로움에 감사할 따름이다.

원고 집필에 필요한 귀중한 자료를 제공해 주신 구상선생 기념사업회 구자명 선생님, 장원상 선생님께 감사드리며, 편집과 교정에 정성을 다한 분도출판사 편집부 여러분들에게 깊은 감사의 뜻을 전한다.

2019년 7월 24일
이숭원